ロマンス小説の七日間

三浦しをん

角川文庫
13156

contents...

一章

「すべて御心《みこころ》のままに」

アリエノールは、使者がうやうやしく差しだした国王からの親書を読み終えると、受胎告知された聖母マリアと同じ言葉を口にした。

石造りの大広間には、アリエノールと使者のほかにはだれもいない。壁の高い位置に開けられた窓から、傾きかけた午後の日差しが長く射しこんでいる。彼女はふと、牢獄《ろうごく》とはこんな場所ではないかしらと考え、すぐにその思いを打ち消した。手を打って合図し、現れた下女に、

「陛下のお使いに、食事と新鮮な果物、それからワインを」

と命じる。

一段高くしつらえられた領主の椅子から立ちあがり、灰色の衣の裾《すそ》を引いて広間から退出していくアリエノールの姿を、慇懃《いんぎん》に礼をした使者が上目遣いで見送った。

彼はわたしを値踏みしてるんだわ。と、アリエノールは思った。なんておぞましいことでしょう！　彼はこう考えているに違いない。「戦功をあげた成り上がりの騎士に与えられる豊かな領地と、彼がそこを統《す》べる権利を得るために必要な女。富と栄誉と引き替えに、救国の騎士が娶《めあわ》されるのは、どれほどの娘かな」

あたたかい春の一日だというのに、彼女は急に寒気を覚え、両腕で我が身を掻《か》き抱いた。重い足取りで階段を上り、南向きの自室に戻る。窓からは、なだらかな牧草地帯でゆっくりと草を喰《は》む牛たちと、日差しを受けてすくすくと育つ麦、炊事の煙のあがる点在した家々が見えた。

亡きお父さまが遺《のこ》してくださった、わたしの大切な居場所！　平和な領地と心穏やかな人々。わたしがなによりも愛するものが、いまこうして、わたしを縛る鎖になろうとは……。アリエノールは唇を嚙《か》む。

進まねばならない道は、一つしかなかった。しかしそのことは、彼女の心を奮い立たせるどころか、叫びだしたくなるほどの不安と不自由しか感じさせないのだった。

「姫さま」

侍女のマリエがドアから顔をのぞかせた。マリエはエプロンについた小麦粉を払ってから、部屋の中に入ってくる。

「パンを焼いていたの、マリエ？」

アリエノールは侍女に微笑みかけた。

「タネを寝かせているところです。お夕食には、姫さまのお好きな干しブドウ入りのパンが焼きたてで食卓に上りますよ」

マリエは窓辺に立つ主《あるじ》に歩み寄り、注意深くその表情をうかがった。「それより姫さま。なんでした？　王さまの使者が持ってきた用件って」

朴訥《ぼくとつ》で優しい、同い年の侍女の存在は、アリエノールの心を慰める。マリエは村の羊飼いの娘だ。アリエノールは赤ん坊のころ、マリエの母にもらい乳をして育った。それ以来、二人はいつも一緒だ。喜びも悲しみもともにしてきた。乳姉妹のマリエになら、アリエノールはなんでも悩みを打ち明けられるのだった。

「思ったとおりだったわ。陛下はわたしに、このノーザンプルの女相続人として、しかるべき婚姻を結ぶように、と。ついては、このたびの戦《いくさ》で多大な功績のあった騎士と結婚せよ、ですって。ねえ、マリエ！　わたしは紙切れ一枚に書かれた命令によって、顔も知らない騎士にポイと与えられるのよ！　羊か、えんどう豆みたいに！　しかもこのえんどう豆には、もれなく肥沃《ひよく》な大地と勤勉な領民がついてくるというわけ」

「まあ、姫さま、アリエノールさま！」

マリエは思わず、若い女領主の手を握った。「えんどう豆だなんてとんでもない！姫さまほど美しいかたは、国じゅうを探したっていやしません。ゆるやかに波打つ蜂《はち》蜜《みつ》みたいな色の髪。霧にけぶった深い森のような翠《みどり》の目。唇はさくらんぼみたいに赤くて、柔らかそうだし、お肌は高い山の頂にある万年雪みたいに白く透き通っていらっしゃる。どんな殿方だって、姫さまのことをえんどう豆だなんておっしゃいませんわ。夢中になって恋を囁《ささや》くに決まってます」

頬を上気させて言いつのる侍女に、アリエノールは苦笑をこぼした。

「ありがとう、マリエ。ただ、わたしが言いたかったのはそういうことじゃなくて……。いままでもわたしは、領民たちの暮らしに目を配ったり、悩みに耳を傾けたりしてきたわ。自分なりに精一杯。そうよね？」

「もちろんです。みんな、姫さまを慕《した》ってますし、姫さまの指示のもと、暮らしは豊かに保てていますわ」

「わたしもこの暮らしに満足してるわ。みんなと仲良く作物を植え、家畜を育てる。夏至《げし》の祭りや収穫祭には、城の庭で陽気に歌い踊る。たまに訪れる吟遊詩人の唄《うた》に異国の情景を想像し、雨の日は村の老人たちが語る伝説に胸を躍らせる。そういう生活が好きなの。いまさら夫なんて必要ないし、ましてや血なまぐさい騎士がわたしの領地に入りこんでくるなんて、我慢ならないのよ」

「でも女には夫が必要ですわ。わたしたち、もう十八だし。それに結婚生活も、してみれば案外悪いもんじゃないかも」

「あら」

と、アリエノールは侍女の顔を見た。「だれか意中の人がいるのね、マリエ。だれなの、教えて？　ピーター？　ジョンかしら」

マリエは真っ赤にした顔をぶんぶんと振った。

「わたしのことなんかどうでもいいんです。姫さまの夫になるかたは、いったいいつこちらにお着きになるんですか？」

「二週間後よ」

アリエノールはため息をついた。「ああ、お父さまがわたしを修道院に入れてくださっていれば……！」

「修道院！　姫さまは、楽しいことや喜ばしいことが世の中にはいっぱいあるってことを、ちっともご存じじゃないんだから！」

マリエは何事か思い出したのか、頬をゆるませながら天を仰いでみせた。「それに、そんなことはありえませんわ。お世継ぎのリチャードさまを亡くされて、前の領主さまにはお子さんは姫さましかいらっしゃらなかったんだから」

お兄さま……。アリエノールは、輪郭もぼやけてしまった兄の面影を胸に呼び覚まそうとした。年の離れた兄は、アリエノールと同じ黄金色の髪をして、空のように青い瞳《ひとみ》を持っていた。領地で採れた羊毛を交易船で運ぶ途中、近海にまで出没するようになったヴァイキングの襲撃を受け、命を落とした兄……。

彼が生きていれば、アリエノールの運命もいまとは変わったものになっていただろう。年貢の計算や、馬の種付け時期に頭を悩ませることなく、同じ年ごろの娘たちと同じように、刺繍《ししゅう》をたしなんだり華やかなドレスを着て丘へピクニックに出かけたりしたことだろう。そしてきっと、蜂蜜みたいに甘い恋を知り、その相手と結ばれたに違いないのだ。

それが無理でも、修道院に入って、心静かな生活を送ることも許されたでしょうに。また憂鬱《ゆううつ》そうに物思いにふけるアリエノールを元気づけようと、マリエは急いで明るい声で言った。

「二週間後といったら、あっという間ですよ。それまでに姫さまのご婚礼の準備をすべて整えなくては！　忙しくなりますよ。そんな灰色の衣じゃいけません。年ごろの娘らしいドレスを引っぱり出してこなきゃならないし、結婚の宴《うたげ》に必要な食料やワインも確保しなきゃ。それから、ご寝室はどこになさるおつもりですか？ そりゃあ、この部屋が一番日当たりがいいけれど、カーテンもベッドの天蓋《てんがい》もちょっと地味すぎます。リネンも新しいものに換えて、タペストリーももっと明るい色のものにしなくては」

「助けて、マリエ」

うちひしがれ、アリエノールは肩を震わせた。「わたしの気持ちや意志が、ことごとく踏みにじられてしまうわ！ 会ったこともない国王に、会ったこともない夫に！」

マリエはそっと、女主《おんなあるじ》の髪を撫《な》でた。

「姫さま、わたしたちをここに残して、どこかにお逃げになりますか？」

「できないわ！」

「そうでしょう」

普段は気丈なアリエノールの眼からこぼれた涙を、マリエは軽いキスで拭《ぬぐ》い取った。

「残酷なことを言うようですけど、だったら姫さまはここに踏みとどまって、夫になるかたと一緒にわたしたちを治めていかれるしかないんですわ。それが決まりっててものです」

その決まりを変えることはできないのかしら？　とアリエノールは思った。わたしは恐ろしくてたまらない。見ず知らずの男と暮らしていくことに、費やさなければならないだろう多大な時間と苦労と忍耐が。そこに愛情があればまだ耐え忍べるでしょう。でも愛が生まれるまで、どれぐらいかかるの？　もしかしたら一生？　そしてなにより恐ろしいのは、相手がわたしを愛してくれるという保証がなにもないことだわ。互いに、相手に喜びも幸せも与えられないとしたら、こんなに惨めで哀しいことってないわ。

「大丈夫」

うつむいたままのアリエノールの肩を、マリエは優しく揺さぶった。「これまでと同じように、わたしはいつだってアリエノールさまのおそばにいますから。それに、申しましたでしょう？　アリエノールさまの夫になるかたが、アリエノールさまに心をとらわれることは間違いなしです。この世で一番の宝物みたいに、あなたを愛してくださいますって」

「そうかもしれないわね」

アリエノールは潤んだ眼を上げ、窓の外に広がる景色に再び視線を向けた。なだらかな丘陵地帯と、深い森。その先にそびえたつ高い山々。彼女は外の世界をなにも知らなかった。城と、そのまわりに広がる田園地帯。書類で報告されてくる見たこともない辺境の領地について。そのほかには、なにも。

知らないままに、アリエノールの世界は閉ざされようとしている。

「でも、それだけでは幸せにはなれないのよ。わたしが、そのかたを愛せなければ」

「そろそろ飽きたな、この生活にも」

ウォリックは、自分の名を呼ぶ貴婦人方の歓声に右手を挙げて応《こた》え、愛馬ローディーヌに跨《また》がった。相棒のシャンドスが差しだした兜《かぶと》をかぶり、喉当《のどあ》てで鎧《よろい》と固定する。続いて槍《やり》を受け取り、馬上槍試合《トーナメント》の会場に入った。諸侯《しよこう》や貴婦人が陣取る桟敷《さじき》席から、一段と大きな歓声が降ってくる。

「暑くてかなわん」

ウォリックは兜の中でぼやいた。広場の中央には、長い板塀が渡されている。板塀が自分の左手に来るように、ウォリックは馬を進めた。九十ヤード弱（約八十メートル）の距離を置いて、同じように重装備に身を固め、板塀を左手にしてウォリックに向きあう騎士の姿がある。これからウォリックと彼は、板塀に沿って互いに向かって馬を走らせ、すれ違いざま、板塀越しに槍を突き交わすのだ。両者のあいだを遮《さえぎ》る板塀は、馬の接触を防ぐためのものだった。

「おまえも飾りたてられて暑いだろ、ローディーヌ」

愛馬の首筋を軽く叩《たた》いてやる。「一撃で終わらせよう」

試合開始を告げるラッパを合図に、ウォリックは面頬《ヴァイザー》を下ろし、ローディーヌを走らせた。蹄《ひづめ》が力強く地面を蹴《け》り、砂埃《すなぼこり》が舞いあがる。狭い視界に、みるみるうちに近づいてくる相手の姿をしっかりと捉《とら》える。

不思議に歓声が遠のき、揺れる視界の中で相手の鎧の急所がまざまざと見える。腋《わき》の下。そこだけは金属板が当てられていない。

スピードに乗るために取っていた前傾姿勢から流れるように身を起こし、槍を構える。鐙《あぶみ》に載《の》せた足に力が入る。不安定さは微塵《みじん》もない。板塀沿いを駆け抜けるローディーヌと一体になって、獲物が完全に間合いに入るタイミングを測る。

すれ違った。相手の騎士が突き出す槍を、左手に持った盾で防ぐ。槍を操ったことでわずかに上がった相手の盾を、ウォリックは見逃さない。鋭く突きこむ。しかし、模擬試合で命まで奪うのは、ウォリックの好むところではなかった。疾駆する馬上からでも、相手の鎧につけられた槍止めに正確に槍先をぶち当てるぐらい造作もない。

そのまま梃子《てこ》の原理で、相手を馬から振り落とした。

ヴァイザーを上げ、熱狂する貴婦人たちに愛想《あいそ》よく応えながら、ウォリックはシャンドスの待つ木陰に戻った。

「馬鹿げている」

兜を取って馬から下り立ったウォリックの、第一声がそれだった。「こんなお遊戯で賞賛されたところで、なんだってんだ。ロンドンの宮廷人どもに、実際の戦場を見せてやりたいね」

仰々しい肩甲や胸当てを取り、鎧を脱ぎ捨てていく。シャンドスは沈黙を守ったまままそれらを拾い集め、木陰に並べていった。ウォリックはやっと鎖帷子《くさりかたびら》にベルトという姿になって、草の上に腰を下ろす。

「戦場にあるものといったら、血と泥と怨嗟《えんさ》の呻《うめ》き。華麗な礼儀作法とは程遠い、金属の鈍いぶつかりあいの音。それだけだ。こんな重い鎧をつけて、戦えるものか」

「たしかに俺たちは、騎士というよりは戦争屋だな」

シャンドスがこの午後初めて口を開き、ウォリックにエールの入った杯を渡した。

「ロンドンの社交がお気に召さないのなら、さっさとノーザンプルへ向かえばいい。あんたはいまや領主さまなんだろ」

「正確に言えば、『恐れ多くも陛下に任命された、女領主さまの種馬』だ」

「やめておけ。だれに聞かれているかわからないぞ」

シャンドスは低い声でたしなめてから、続けて言った。「俺たちもそろそろ、少し骨休めしてもいいころだろう。豊かな領地で、美しい妻とのんびり暮らす。なにが不満だ？」

「俺の妻が美しいという保証がどこにある」

「どんな苦境にあっても希望を忘れるな、と戦場で俺に言ったのはあんただが」

笑いまじりのシャンドスの言葉に、ウォリックは顔をしかめた。

「訂正しよう。失望したくなば、希望するなかれ。俺は期待しないね」

「ウォリック」

茶色い髪の娘が桟敷席から下り、木陰にいる二人のもとにやってきた。「素晴らしかったわ」

「ありがとうございます」

ウォリックは立ちあがり、胸に手を当てて礼をした。「たっぷり稼がれましたか？」

「いじわるね」

娘は明るい笑い声をあげた。「みんなあなたに賭《か》けているのだもの。配当金などたかが知れてるわ。それよりもあなたは、わたしたちの愛ゆえの嘆きが、どれだけご自分の身に降りかかっているかを知らなくては」

「と、申されますと?」

「存じておりましてよ。もうすぐ結婚なさるんでしょう」

娘はウォリックに夢中だ。甘えるように、恨み言を言いつのる。とうとうウォリックから、今夜のパーティーで一番に踊る権利をもぎ取っていった。

くすんだ金髪に、青空のように明るい瞳。端整で甘い顔立ちとしなやかな体軀《たいく》を持ったウォリックは、宮廷の女性たちの注目の的だった。戦場で怖れられているウォリックを知るシャンドスとしては、苦笑せざるを得ない。しかし彼女たちはもしかしたら、ウォリックの二面性を敏感に感じ取って、彼を愛するのかもしれなかった。

ウォリックは敵に対しては冷徹に剣を振るったが、女や子どもに対しては優しかった。本当は皮肉屋で柄が悪いが、人好きのする笑みを浮かべて愛想よく応対することもできた。そして、どれだけ宮廷で女たちに囲まれていようとも、彼はいつも孤独だった。それが、彼女たちをますますウォリックに惹《ひ》きつける要因になるのだ。

「やれやれ、ダンスで筋肉痛になりそうだ」

桟敷に戻っていく茶色い髪の娘を見送り、ウォリックは肩をすくめた。ウォリックの甲冑《かっちゅう》をもくもくとまとめていたシャンドスを振り返る。

「やっぱり、ぼちぼちノーザンプルに向かうとするか。おまえも女と別れを惜しんでおけよ、シャンドス。幾晩あったら、女への挨拶《あいさつ》が済む？」

「お気遣い痛み入るが、あいにく俺はあんたほどお盛んじゃないんでね。明日にでも出発できる」

「ご謙遜《けんそん》を」

と、ウォリックは顔をしかめてみせた。

ウォリックの頼れる右腕、戦場をともにくぐり抜けてきたシャンドスは、腕も立つし頭も切れる。その落ち着いた物腰と、物静かなしゃべりかたは、ウォリックと同じぐらい貴婦人たちの心を騒がせていた。黒い髪と、黒曜石のような目。多少険しくはあるが、整った容貌《ようぼう》の持ち主だ。しかし、左頬を走る大きな傷痕《きずあと》が、若い娘たちを怯《おび》えさせた。それでも、鍛えられた彼の体に身を任せるご婦人は後を絶たない、と宮廷内ではまことしやかに噂されている。だがシャンドス本人は、恋愛ゲームの成果をひけらかすこともない、無口で無愛想な男だったから、真偽のほどを問い質《ただ》す勇気のある者はいなかった。

「出発は三日後だ」

ウォリックはそう言って、ローディーヌの手綱を引いて厩舎《きゆうしや》のほうへ歩いていく。あちこちで咲かせた恋の花を、はたして彼は三日ですべて刈り取れるのか。そう思いつつも、シャンドスは「了解」とうなずいた。

「ときに、ウォリック。キャスリーン嬢には気をつけろよ」

「キャスリーン？」

ウォリックが首をかしげる。シャンドスは深いため息をついた。

「あんたがいま、ダンスの予約を受け付けたブルネットの娘のことだ。彼女はハロルドの従妹《いとこ》にあたる」

「ハロルド！　あの臆病者《おくびようもの》の×××野郎」

ウォリックは騎士にふさわしくない罵《のの》り言葉を使い、それからシャンドスに背を向けたままひらひらと手を振った。「気にすることはないさ。どうせあいつは、俺たちに手出しなんてできやしないんだから」

回廊には篝火《かがりび》が焚《た》かれ、王宮では今夜も華やかな宴《うたげ》が催されていた。

ダンスとダンスの合間に、人々は広間のそこここに集まって噂話や艶話《つやばなし》に興じる。さざめきと笑い声に混じって、一人の男がウォリックたちに近寄ってきた。ノーフォーク公ハロルド・パーシーだ。

彼は戦場では、まわりを屈強な直属の兵で固め、陣形を見て指示を出すためと称して、たいていは安全な小高い丘の上にいた。騎士たちのあいだで、その紋章を揶揄《からか》って「臆病獅子《じし》」とあだ名されていることを、彼ははたして知っているのか否か。とにかく、ハロルドが武勇よりも宮廷内の権謀術数に秀でているのは確かなことだった。

「こたびの戦功でいよいよ貴公もノーザンプル領主だな、ウォリック。祝着、祝着」

ハロルドは決して醜《しこ》男ではなかったが、いつも浮かべている薄笑いが嫌味たらしかった。飾り帯の宝石が、篝火に反射してまぶしく光っている。

ウォリックは儀礼的に頭を下げた。

「お久しぶりです。お変わりございませんか」

「先ごろ、妻が死んでね」

ハロルドは沈鬱《ちんうつ》な表情を作ってみせた。

「それは……存じませんで失礼しました」

「傷心のわたしに、陛下は再婚をお勧めくださったのだが、すぐにはとてもそういう気になれずにいた。そうこうするうちに、アリエノール嬢の結婚が決まってしまったのは、よかったのか悪かったのか……」

アリエノール？　だれのことだ、と怪訝《けげん》に思ったウォリックに、目立たぬように後ろに控えていたシャンドスが素早く耳打ちした。

「ノーザンプルの女領主の名だ」

「ああ……」

妻になる女の名も覚えていなかった。

どうやらハロルドは、件《くだん》の女領主に気があるようだ。彼女自身に、なのか、彼女の所有する財産に、なのかはわからなかったが。ウォリックは初めてまともに、まだ顔も知らない女のことを考えた。

哀れなものだ。財産目当てのクソ野郎と、結婚にまったく興味がない成り上がりの騎士。どっちに転んでも最低なうえに、当の女領主には選択権もないとは。いかなる成り行きによってか、王から選ばれた自分は、せめて彼女を愛するように努めよう、とウォリックは思った。そう、できるかぎりは。

「まあ、宮廷にも一度も顔を出したことがない女性だ。きみのような男にこそふさわしかろう。陛下のご配慮には感服するばかり」

ハロルドは勝手にそう断じると、「ところで」と話題を変えた。

「貴公の持っている剣を見せてもらえはすまいか」

この男はいったい、なんの目的があって俺に声をかけてきたのだろう。ウォリックはハロルドの話しぶりにいらいらさせられたが、顔に出すことはしなかった。嫌味を言うときだけは一人前で、本来の用件を切り出すときはまわりくどいことこの上ない、という宮廷人たちの作法を、ウォリックもすでにわかっていたからだ。

「剣、ですか」

ウォリックは手にしていた錫《すず》のカップを、柱の脇の小テーブルに置いた。「俺の剣は武骨な実用一辺倒のもの。わざわざお目にかけるほどのものとも思えませんが」

その言葉は事実だった。ウォリックがベルトに差した剣は、柄《つか》部分の装飾も質素だったが、ハロルドの剣は違う。柄頭に見事なルビーがはめこまれ、鞘《さや》にも彫り模様と宝石がちりばめられている。

「貴公の戦場での活躍ぶり、わたしもこの目で見、噂にも聞き及んでいる。今後、剣を選ぶときの参考にしたいのだ」

ハロルドは重ねて申し入れた。珍しく、下手に出ることまでして。なにを目論《もくろ》んでいるのかわからなかったが、ウォリックは自分の剣を鞘ごとベルトから外した。柄をハロルドに向ける。

ハロルドは柄をつかみ、ウォリックの剣をすらりと抜きはなった。広間にそぐわぬ武器の光に、まわりの者たちの視線が集まる。ハロルドはそんなことは気にも留《と》めずに——それは、作法を重んじる彼としては例外的なことだったが——、食い入るように刃を見つめ、指先でそっとたどって検分した。

やがてハロルドは、失望の色も露《あら》わに、

「ありがとう」

と剣をウォリックに返した。しかし受け渡しがうまくいかず、剣は床に落ちてしまう。床石に金属が弾む澄んだ高い音が響いた。

「失礼」

と、ウォリックとハロルドは同時に言った。剣を拾うために腰を屈《かが》めたウォリックが、同じく剣を拾おうとしたハロルドを軽く手をあげて押しとどめる。それを受けてハロルドは、もう用は済んだとばかりにちょっと会釈し、床の剣をそのままに、背を向けてその場から立ち去ってしまった。

「なにをしたかったのかな、彼は」

ウォリックは一人ごち、ゆっくりと剣を拾いあげて鞘に納めた。ウォリックの手に握られた剣が、感応するように青白い光を放ったことに目をとめた者は、だれもいなかった。常に影のように彼に付き従う、シャンドスを除いては。

「どこかから聞きつけたんだろう。あんたの持つ剣が、伝説の『聖剣』だと」

「いやだね、噂好きの宮廷人は」

ウォリックは笑い、鞘を元通りベルトに吊《つる》した。「ハロルドをがっかりさせたようだ。残念ながら、この剣は持ち主を選ぶ。さればこその『聖剣』なのだが」

さて、とウォリックは広間から回廊へ出た。

「どこへ行く」

シャンドスが後を追う。

「決まってるだろ。我々に残された時間は少ない。つまらない宴を抜け出して、恋人たちに別れを告げに行くのさ」

ウォリックは歩きながら肩越しに振り返り、悪戯《いたずら》っぽく笑った。「噂が鎮まるのを待つのに、田舎での結婚生活はうってつけだ。おまえの言うとおり、せいぜいのんびり暮らそうじゃないか、シャンドス。この『オリハルコンの剣《つるぎ》』と一緒に、な！」

一日目

ちょっと。ちょっと待って。なんなの、この急に出てきた「オリハルコン」ってのは。手持ちの英語辞書にも載ってないんだけど。ああ、やっぱり中学生のときから使ってる辞書じゃだめかしら。家にはもうちょっとちゃんとしたのがあるんだけど、持ってくるのが重かったのよね。「どうせお決まりのパターンのロマンス小説でしょ」って甘く見たのがまずかったか……。

あ、でもなんだか、聞いたことある。オリハルコン、オリハルコン……。うん、たしかにどこかで聞いたわ、この言葉。アニメかなんかだったような気がする。ネットで検索してみよっと。便利な世の中だ。

オリハルコン：アトランティス大陸で使われていたという金属。硬いです。輝きます。

アトランティス大陸！　わかった、『海のトリトン』だ！　トリトンに「オリハルコンの短剣」って出てきたよ！　うわあ、すっきりしたー。……いやいや、問題はそこじゃない。

なんなの、この小説。英国中世騎士道ロマンス小説なんじゃないの？　アトランティスって、それ幻の大陸でしょ。実在してないでしょ。その大陸で作られた剣を、王道のロマンス小説のヒーローである騎士が、いきなり所持してたらまずいでしょ。

なんかいやな予感はあった。どうも時代考証が曖昧《あいまい》っていうか、「中世」っていってもじゃあいったい何世紀なのかいまいちピンとこないっていうか、そういう荒唐無稽《むけい》な小説の手触りはあった。でも、私も歴史に詳しいわけじゃないし、物語の主眼はとにかくヒーローとヒロインの「恋」にあるんだから、まあいいかと綻《ほころ》びには目をつむっていたんだけど……。まいったね、こりゃ。オリハルコンの剣なんて代物《しろもの》が出てくる時点で、「中世を舞台にした騎士と姫君の恋物語」じゃないよ、すでに。ファンタジーだよ。

ああ、不安だ。この小説を訳さなきゃならないなんて。しかもあと一週間で！　無理。そんなの絶対、

「無理だー！」

と叫んでもだれが助けてくれるわけでもない。作業を続けよう。

オリハルコンの出現にちょっと取り乱しちゃったけど、冷静になってみれば、べつにアトランティスの遺物が登場しても、ちっとも差し支えない。時代考証がしっかりしていよ

うがいまいが、恋。ロマンス。これさえちゃんと描かれていれば、読者は満足する。

その意味ではロマンス小説って、すべて「ファンタジー」だ。麗しい外見でちょっと気が強くて、処女で心根の真っ直ぐなお姫さまが、かっこよくてちょっと粗野で、過去のあるホントは心根の優しい騎士と恋に落ちる。二人を陥《おとしい》れようとしたり、横恋慕してちょっかい出してきたりする悪役に翻弄《ほんろう》され、互いの想いがすれ違ってすったもんだした後に、忠実な部下や侍女の助けもあって無事誤解が解け、二人は末永く幸せに暮らすのでした。ハッピーエンド。

まずこの展開で間違いない。濡《ぬ》れ場が何頁《ページ》に来るかもだいたい見当がつくぐらいだ。これを幻想と言わずしてなんと言う。

まあたしかに、楽しいんだけどね。私も好きだもん。「なに歯の浮くようなこと言ってんの、こいつ」とかツッコミながら、ついつい読んじゃうもん。だから、ペーパーバックの体裁で月に十冊以上、こういう類《たぐい》のロマンス小説が発行されてるんだろう。

でも、自分が一週間でそれを訳さなきゃいけないとなったら、話は別だ。

だいたいこの作品だって、一章を訳し終わった段階でもう、ラストがどうなるかわかったようなものだ。オリハルコンの剣はたしかに不確定要素だけれど、まあきっと、ハロルド君がこの剣を狙ってノーザンプルの城に襲撃をかけてくるんだろう。けっこう幸せに暮らしていたウォリックとアリエノールだけど、このときはちょうど、二人は喧嘩《けんか》してるはず。ロマンス小説のヒーロー、ヒロインは、どうしようもない些細《ささい》なことですぐ喧嘩するのだ。

「あなたはわたしの自由を認めてくださっていない。この城はいままで、この方法で掃除してきたんです！」

「ああ、きみの自由にするがいいさ、奥さん。だが言っておくが、俺ほど女性の行動に自由を認めてる男もいないと思うがね。きみは世の中の『基準』ってものを知らなすぎる」

なあんてね。あら、つい創作してしまった。

とにかく、喧嘩したアリエノールはぷいと城を飛び出して、森の中で一人さめざめと泣くのだ。「あの人の心は、いまや夜空に浮かぶ月よりも遠くに離れてしまった……。ああ、わたしはどうしたらいいのかしら」って。そこへハロルド君が現れて、アリエノールはさらわれてしまう。

もちろん、ウォリックが忠実な部下シャンドスを従えてすぐに連れ戻しに来て、オリハルコンの剣を振るって戦う。

「この剣が欲しいのなら、くれてやる！　おまえに使いこなせるものならな。惜しくなどないさ、俺は剣以上の宝、ノーザンプルの宝石たる乙女を手にしたのだから！」

ウォリック獅子《しし》奮迅のご活躍。ハロルド君を撃退し、アリエノールを奪い返す。

「よかった、ご無事でしたか奥さま！」

城で出迎える侍女、マリエ。

ウォリックとアリエノールは、互いへの誤解が晴れて愛を深めあう。めでたしめでたし。うん、これで決まりだ。賭《か》けてもいい。どれどれ、原書のラストがどうなってるか、ちょっと先に読んでみよう。


夏至の夕暮れ。城の中庭でダンスに興じる領民たちの顔はどれも、喜びに輝いていた。それを眺める若き領主夫妻の表情も、また同じだった。

ウォリックはつと膝《ひざ》を折り、アリエノールに右手を差しだした。

「どうかな、アリエノール。改めてきみに、心から申し込みたい。粗野な成り上がり者だが、俺と一緒にいてくれないか。きみさえよければ、一生」

アリエノールは微笑んで、夫の手を取った。そして彼女は言った。

「すべて御心《みこころ》のままに」

完

ぎゃー！　やっぱり！　やっぱり予想したとおりのラストシーンだ。これなら訳さなくてもいいんじゃないかしら。翻訳した一章分だけ印刷して、あとは全部白紙でも、きっと読者は的確にその後の展開をラストまで想像してくれる。それじゃ駄目かな。……駄目だろうな。馬鹿なこと考えてないで続きに取りかからなきゃ。

「なに百面相してんの」

「うわっ、うわっ、え?!」

急に声をかけられ、びっくりして振り返ったら、いつのまにか横に神名《かんな》が立っていた。

「ふぃー、アチィ。外は蒸し風呂《ぶろ》だよ。いいな、あかりは。俺も家でできる仕事に就きたいね。炎天下にスーツ着て営業なんて、やるもんじゃない」

などと言いながらネクタイをむしり取り、呑気《のんき》に冷蔵庫を開けてビールを出す。「あかりも飲むか?」

「いい。まだ仕事中。どうしたの、神名。珍しく早いじゃない。まだ五時……」

「うん」

フローリングの床に座りこんだ神名は、ぐびぐびとビールを飲み、一つげっぷをしてから私のほうを見た。「俺、会社辞めてきた」

なに。なんて言った。会社辞めようかな、じゃなく、会社辞める、でもなく、

「辞めてきたぁ?!」

「でへへ」

「でへへじゃないでしょ、辞めてどうすんの。え、どうすんの!」

あ、これでまた隣の部屋の奥さんから苦情が来るかも。神名のマンションは壁も床も薄

いったらありゃしない。ありゃしないが、いまはそんなこと気にしていられない。

「このご時世に、神名みたいな体力とスマイルだけが武器の人を雇ってくれる、奇特な会社なんて他にないよ？」

「ひでぇな」

神名はガラスのローテーブルの下に敷いたマットをむしりはじめた。やめて、百合《ゆり》からバリ島土産にもらったお気に入りの薄織物なんだから！　殺風景な神名の部屋に彩りを加えようと、わざわざ敷いてあげたのに。

「ごめん、言い過ぎた」

むしり攻撃をやめてほしいの半分、まあ神名にだっていいところがあるんだからと反省したの半分で、謝っておく。「だけど神名……本当に辞めちゃったの？」

「うん。ボーナスももらったし、どうせ辞めるなら冬より夏のほうがいいでしょ。なんとなく」

わからない。なにを考えてんだろ、この人。でもなによりもわからないのは、私はどうしてこんなに動揺してるのか、ってことだ。

神名が突拍子もない行動に出るのは、なにも今にはじまったことじゃない。出会ってすぐに、私の家に近いこのマンションに引っ越してきたこともそうだ。あのときは、この人ストーカーなんだろうかと本気で怯《おび》えた。

真下の部屋で派手な夫婦喧嘩が起こったときだって、「殺される！」っていう奥さんの悲鳴に、神名は窓から飛び出した。私は「まずは一一〇番しようよ」って必死に止めたのに。この部屋のベランダから下の部屋のベランダに飛び移って、窓をぶち破って助けにいこうとしたんだって後で弁明してたけど、なんで咄嗟《とっさ》にそういう発想になるのか理解不能だ。

結局、飛び移るのに失敗した神名が三階のベランダから落ちて、驚いた下の階の夫婦の喧嘩は終息。しかも神名は無傷で起きあがって、ベランダから地面を覗《のぞ》いた夫婦に、「殺すの殺さないの、不穏な喧嘩はやめましょうよ」って説教。不穏なのはあんただよ、と思ったけど、私は部屋で息を殺してた。恥ずかしくて顔なんて出せたもんじゃない。

神名はいつだって、したいようにする。この五年間に、彼の数々の奇行に翻弄されて、もういいかげん慣れた。今回だって放っておけばいい。

それなのにどうして、私の心はこんなに乱れるのかしら。もしかして、神名と結婚しようとか考えてたの？　結婚するならやっぱり相手には定職があってほしい、という意識の表れなわけ、この動揺は？　だとしたら私は自分を呪う。そんな打算でいっぱいだったくせに、恋をしてるつもりになってた自分を呪う。

「あかり。またおまえ、一人で埒《らち》もないことぐるぐる考えてるだろ」

あー、だけど考えてみたら、恋なんてもとから打算の塊だしね。「恋」という言葉から一般的にイメージされる「純粋な気持ち」なんて、中学生の恋愛にぐらいしか存在しないもん。「純粋な気持ち」の実態って、つまりは「思いこみ」だし。だれだってそりゃあ、五年つきあった相手が、三十を目前にして突然「会社辞めてきた。でへへ」とか言ったら動揺するよな。うん、する。してよし。

「って、なにいきなり脱いでんの、神名！　カーテン開いてるよ」

「シャワー浴びる」

知らないうちにリビングで全裸になっていた神名は、「感激だ。見てくれ」と床に脱ぎ散らかした服を指差す。

「俺はもう、スーツをハンガーにかけなくていいんだ」

鼻歌を歌いながら狭い廊下を歩いていった神名は、

「シャワー浴びたら飯食いにいこうぜ」

と言って、風呂場《ふろば》のドアを閉めた。

居酒屋『たんぽぽの汁』は、まだ夜も浅い時間だというのに今日もにぎわっていた。土間に並べられた四人掛けのテーブル三つは、すべて埋まっている。そのほとんどが、商店街の見知った顔だ。神名と私はそちらに軽く会釈してから、カウンターの隅に並んで座った。

「いらっしゃい。今日は早いね」

マスターの大迫《おおさこ》さんが、カウンター越しに厨房《ちゅうぼう》から声をかけてきた。髪を後ろで一つに束ね、口ひげをたくわえている。そんなだから、近所のお年寄りに「そろそろあんたもヒッピーは卒業しないと」としょっちゅう言われてしまうのだ。

「あかりちゃんの仕事が終わったの？」

にこにこしながら大迫さんが、冷たい手拭《てふ》きを渡してくれる。続いてカウンターに置かれたお通しは、自家製和風ドレッシングと青ジソをかけてよく冷やした、新鮮な細切りトマトだった。

神名はさっそくお通しに箸《はし》をつけながら、「ううん」と首を振った。

「今日はさ、俺の退職祝い」

「なに、カンちゃんとうとう会社辞めたんだ！」

へえ、と感心したのか呆《あき》れたのか。大迫さんは、その両方の心情を感じさせる口調で言った。同時に「えぇー！」という声がして、大迫さんの足もとから、まさみちゃんが飛び出してくる。やっぱりいた。さっきから隣に飲みかけのビールのジョッキがあるな、と気になってはいたのだ。

「まさかホントにやるとはねえ。じゃ、カンちゃんしばらくヒマでしょ？」

まさみちゃんは厨房から出てカウンターをまわりこみ、私の右隣の椅子に座った。また勝手に厨房を探っていたのだろう。手には大迫さんの晩酌用のつまみらしき、「裂けるチーズ」が握られていた。まさみちゃんは、それを裂かずに食べるのが好きだ。

「ちょっと手伝ってほしいなあ」

まさみちゃんは身を乗り出すようにして、私ごしに神名に話しかける。私の腕にまさみちゃんのむき出しの肩先が触れた。ひんやりした皮膚に包まれた、小さくて硬い骨の感触が伝わる。まさみちゃんはいつだっていい匂いがして、肌はなめらかに日焼けして、華奢《きやしや》でかわいい。まつげなんてくるんくるんにカールして、丁寧にマスカラが塗られている。

私はいまも、至近距離にあるまさみちゃんの芸術的マスカラ効果を、しみじみと観察してしまった。

「なにを？」

神名はおしながきを吟味しながら、半ば上の空でまさみちゃんに聞く。よっぽどおなかが減ってるんだろう。

「言ったじゃん。今度引っ越すんだよ、あたし。荷物運ぶの手伝って」

「いいよ」

神名はそう言い、私におしながきを渡した。

「やった！　ありがとう、カンちゃん」

まさみちゃんは少し媚《こ》びの混じる声で礼を言い、カウンター席にきちんと座り直すついでに、私に向かって笑ってみせた。どういう意味の笑顔かなあと思う。まさみちゃんは新居について説明してくれる。間取りとか、家賃とか、収納がいかに充実してるかとか。

　引っ越しっていっても近いから、業者には頼まないでやろうと思って。私はふむふむと相槌《あいづち》を打ちながら、季節的には冷や奴《やっこ》だけれど、今夜は揚げ出し豆腐を食べたいな、などと考える。私は二十歳そこそこのときに、まさみちゃんみたいに人とうまく接することができただろうか。少し悲しくなる。自分が。それからなぜだか、まさみちゃんの装われた無邪気さが。

　いや、まさみちゃんは装っているんじゃなく、心底無邪気で人なつこいだけかもしれない。明るさの中に無理やり影を読みとろうとするのは私の悪い癖だ。

　神名は仕事中の私に気をつかったのか、ジョッキじゃなくて瓶ビールを頼んだ。大瓶一本とグラスが二つ、目の前に置かれる。とにもかくにも、神名の「おつかれさま会」なのだからと瓶を手に取ろうと思ったら、神名はさっさと自分で、二つのコップにビールを注いだ。私はどうも動作が鈍くていけない。

「かんぱーい」

　と、神名がコップをぶつけてきた。小声でそれに応じる。すっきりしない気持ちを読み取ったのだろう。神名はなにかを探るように、私の目を覗きこんできた。神名の目が好きだ。ピンと張った透明の薄い膜に覆われたみたいな目。でもいまは、その目で私を見てほしくない。芽生えた苛立《いらだ》ちや不信感を、すべて暴かれてしまいそうだから。その感情の底にあるのが、打算や馬鹿げた安定指向だと知られたくなかった。

つまり、私はまだ神名の爆弾発言に心の整理をつけることができないでいるのだ。当たり前だ。「会社辞めてきた爆弾」を投下されてから、まだ一時間しか経っていないんだから。勝手に決断して勝手に宣言して、それからすぐに、「あかりは不満なのかい？　きみが悩んでると僕もつらい気持ちになるよ」みたいな目で人を見るのは、卑怯《ひきょう》というものじゃないか。

え、どうなんだ。と神名の首もとを絞めあげてガクガク揺さぶってやりたかったが、横合いからまさみちゃんが、「あたしも、あたしも。かんぱーい！」と飲み止《さ》しのジョッキを突き出してきたので、私たちの視線の絡みあいと腹の探りあいは中断した。まさみちゃん、コップが割れるからほどほどの力加減で、ね。

緊張状態から逃れたのをいいことに、神名が「ぶり大根、チーズ入りささみのシソ焼き、さつま揚げ、ネギ卵」と大迫さんに次々注文する。その隙を狙って、私も「揚げ出し豆腐」と言った。

長く一緒にいたおかげでいいことがあるとすれば、互いの呼吸も手の内もだいたい把握して、忍耐力と経験が培《つちか》われた点だろう。海が荒れたら船は出さない。波が凪《な》ぐのをじっと待ち、面倒なことは先送りにする。熟練の漁師みたいな神名と私。

しばらく食べることに専念した。まさみちゃんもおとなしくビールを飲んでいる。

「まさみちゃん、チーズだけなの？　よかったらこっちの食べなよ。おいしいよ」

勧めてもまさみちゃんは、「ううん、いいの」と箸をつけない。ここでまさみちゃんがちゃんとしたご飯物を食べているのを、見たことがない。でも元から食が細いのかもしれないし、家でなにか食べてきたのかもしれない。あまり言うのもお節介だろう。私は今回もおとなしく引き下がった。

神名は厨房の冷蔵庫の上に置かれたテレビを見ている。音の消された野球中継は、厳粛な儀式みたいに進行する。「お盆はどうするの」と八百屋のおやじさんが聞き、「まだ決めてないんだよね」と大迫さんが答える。

「カンちゃんさ、なにかやりたいことでもあるのかな」

と、まさみちゃんが小声で私に尋ねた。

「さあ……。私は今日はじめて会社辞めたって聞いたから」

「今日聞いたの？」

まさみちゃんが目を瞬《またた》くと、虫の肢《あし》みたいなまつげがいっせいにわさわさと揺れた。

「そりゃ、びっくりだよ」

「びっくりだね」

と私は言った。

「あ、あっ」

まさみちゃんが声をあげる。「出たっ。カンちゃんの『点滴目薬』！」

横を見ると神名が、手を添えずにまぶただけで小さな容器を挟んで支え、上向いて目薬を差していた。空いた両手でコップにビールをついでいる。

「いつ見ても無駄な技だねえ」

大迫さんが厨房から小さな拍手を送ってきた。私は神名の目から、目薬を抜き取った。

「刺さってるみたいで気持ち悪いってば」

「そう？　こうすると確実に目に入っていいんだけど」

神名は容器をシャツの胸ポケットにしまい、大迫さんにお銚子《ちょうし》を頼んだ。「あかりは？」

「いい。神名、『海のトリトン』知ってる？」

「知ってる」

神名はうなずき、「ゴーゴー　トリトン　ゴーゴー　トリトン」と主題歌を歌いだした。

まさみちゃんが、「なにそれ」とけたけた笑う。

「ゴーゴーゴーゴー　トリトン」

「もういいったら」

気持ちよく歌い続ける神名を止める。神名は、

「トリトンがどうかしたのか？」

と怪訝《けげん》そうに聞いてきたけれど、べつにトリトンがどうかしたわけじゃない。どうかしてるのは私だ。この面子《メンツ》で神名と私だけが知っていそうなことを話題にしたかっただけなのだ。ああ、いやだ。こんな自分がいやだ。

こりゃあやっぱり、酒を飲んでる場合じゃない。余裕のなさが私を追いつめているのだ。帰って続きを訳さないと。

アリエノールとウォリックは、具体的にどういう苦難に見舞われたのち、あの「幸せな結末」に至るんだろう。少なくともウォリックは、「俺、もう騎士はやめるわ」と突然言いだしたりすることはないはずだ。

神名から鍵《かぎ》を受け取り、私は先に店を出ることにした。引き戸を開けてのれんをくぐるときにちらっと振り返ると、まさみちゃんが神名の隣に席を移動するところだった。なにか話しかけられて、神名は笑っている。

駅から発生する人の波に乗って、神名のマンションに向かって歩いた。波はどんどん拡散し、やがて道を歩いているのは私だけになる。

大迫さんもまさみちゃんも、神名が会社を辞めたがっていることを知っていた。神名は彼らには相談していたのだろうか。どうして私にはなにも言ってくれなかったんだろう。星がきれい。空気は重ったるく上半身にまとわりつく。路地の家先に並べられた鉢植えの植物は、もう眠りについている。

神名の部屋には熱気がこごっていた。クーラーはつけず、窓を開ける。部屋に帰るまでのあいだにかいた汗で、せっかく摂取したビールは抜けてしまった。神名に伝えなきゃいけない。いろいろ納得いかないし、とても心配してるのだということを。ずっと一緒にいて、私たちはお互いに怠慢になってるのかもしれない。言葉がなくても通じあえる、テレパシストにでもなった気でいたのかもしれない。

「微妙な言葉で愛してほしい」

シャワーを浴びながら、気がつくと昔の歌の一節をずっとくちずさんでいた。あんまり気分が乗らなくて、翻訳の続きはほとんど進まなかった。集中しようと、ストレッチをしたり熱いお茶を飲んだりしても駄目。また余計な汗をかいただけだ。こういうときはさっさと寝るにかぎる。

日付が変わったのを機に、神名のベッドに入る。スペースを空けるために、壁際に寄る。壁はすぐに生ぬるくなって、寝苦しくてたまらない。寝室のクーラーをつけることにする。

タオルケットにくるまってうとうとしていたら、神名が帰ってきた。時計を見ると二時をまわったところだ。店が終わっても居座って、大迫さんの晩酌につきあっていたんだろう。リビングのほうで静かに動きまわる音がする。

ベッドに入ってきた神名は、またシャワーを浴びたのかひんやりと冷たかった。私の髪をそっと撫《な》でる。寝返りをうって神名のほうを向くと、「クーラー消す？」と彼は尋ねた。

どっちでもいい。神名はタオルケットを自分にもかけ、私の腰に腕をまわした。そのまま私たちは動かなかった。真夏にもくっついて眠れるように、クーラーは発明されたんだろうか。便利さはいつだって、どこか滑稽《こっけい》だ。そして滑稽さはいつも少しの哀しみを帯びる。

シャワー浴びたんだね、とは、私は神名に言わない。必要以上の意味がそこにこもってしまいそうだから。ただ、神名の体がだんだんぬくもっていくのを感じている。私の体温と彼の体温が行き来して、私たちは同じ温度になって横たわる。熱にはならない。私はいつのまにか眠ってしまう。

二章

なんと美しい土地なのか。

ウォリックは内心、感嘆した。なだらかな丘がはるかに続き、そのすべてが柔らかで質のよい牧草地となっていた。牛や羊がのんびりと草を喰《は》み、男たちは倒れた杭《くい》を打ち直している。棒きれを手にした少年たちが、囲いの中で待つ子羊たちのもとに母羊を誘導する。

丘の合間のそこここに清らかな小川が流れ、それは点在する人家の近くに作られた畑を潤す。一番高い丘の上に建てられた、石造りの堅固な城のまわりには、職人たちや店を営む者たちの家々があった。

その豊饒《ほうじょう》の地を、切り拓《ひら》かれた森の名残が遠く取り囲む。いま通り抜けてきた暗く危険な森さえも、ここから見れば眠りについた伝説上の竜のようなものだった。着実につけられた小径《こみち》を外れぬかぎりは、森は領民たちにとって、鹿やキジや木の実や薪をもたらしてくれる場所にすぎない。

　この土地に住む者のうち、はたしてどれぐらいが想像できるだろう。口の中に錆《さび》の味がこみあげたような気がして、ウォリックは苦く笑った。

　再び明かりが射すとも思えぬ深い森の中で、夜露に震えながら敵兵を待ち伏せする人間が、この世に存在するなどということを。朝の訪れがすなわち、戦の開始を告げることに他ならないというその皮肉な状況を。これが最後と思い定めて目をつぶる夜に、兵士たちがどんな夢を見るのかを。

　その夢の地が、まさしくここだ。と、ウォリックは思った。豊かで穏やかな、血のにおいのしない場所。こんな村で平和に暮らしたいと夢見つつ、戦場に倒れた数多《あまた》の者たちを知っていた。ウォリックは、これから自分がこの場所で生きていくことに対する、戸惑いと違和感を拭《ぬぐ》いきることができなかった。

「どう思う、相棒」

　ウォリックは馬の首を巡らせ、かたわらのシャンドスにノーザンプルの領地を示してみせた。「欲で面の皮の張った司祭が説く天国ってのは、こういう場所のことか。どうにもケツの座りが悪くてたまらないな」

「あんたも、赤ん坊のころから剣を片手に切った張ったをしていたわけじゃあるまい。

すぐに慣れるさ」

シャンドスはいつもどおり、静かな声音で答えた。「その下品な言葉づかいをやめて、城から追い出されないように心がければ、な」

「やれやれ。その調子じゃ、パーシヴァルはあっという間に農耕馬になってしまうな」

ウォリックはシャンドスの黒馬を指してからかい、「安心しろ、ローディーヌ。俺はおまえの戦馬としての誇りを、ないがしろにはしないぞ」と、自分の葦毛《あしげ》の愛馬の首を優しく叩《たた》いた。

夕刻までには城に着かなければならない。ウォリックとシャンドスは、残りの道のりを再び馬で進みはじめた。


この二週間ほどというもの、城は上を下への大騒ぎだった。

自分たちの敬愛する若き女領主が、国王の推薦した騎士と婚礼をあげるのだ。領民たちは農作業の手が空いたときなどには、率先して城へと続く道を掃き清め、城内ではマリエが、女主《おんなあるじ》の夫を迎えるための準備に余念がなかった。

夫婦の寝室となる、アリエノールの部屋の模様替え。宴《うたげ》のための食材や食器の数の確認。祝いに詰めかけるだろう領民たちのために、城の中庭も整えておかなければならない。婚礼の儀式を執り行い、誓いを神聖なものにするには、領内の教会の司祭にも声をかけておく必要がある。マリエをはじめとした城仕えの者たちは、まったく目のまわる忙しさだった。

しかも、夫となる当の騎士が、いったい何日に到着するのか、正確なことがわからない。宮廷からの使者は、二週間後だと伝えたが、天候などによって数日のずれは生じ得る。考えつくかぎりの準備をしたマリエは、あとは到着したときの状況によって対応するしかない、と半ばは開き直ることにした。

「そういうわけですけど姫さま、そのお召し物はなんとかしていただきませんと」

マリエは腰に手を当て、憤然と申し立てた。「もし今日、夫となるかたが急にご到着になったらどうするんです。ごわごわした灰色のお衣裳《いしよう》で初対面の挨拶《あいさつ》をなさるつもりですか?」

領民たちとともに、屈《かが》んで城の中庭にある薬草園の手入れをしていたアリエノールは、悪戯《いたずら》を見つけられた子どものように、気まずげな笑みを浮かべて乳姉妹を見上げた。

「まだお着きにはならないわよ、きっと。それなのに上等な生地のドレスなんて着たら、城の用をこなせなくなってしまう」

「姫さまには、お部屋で髪をとかしたり、お肌のお手入れをしたり、お召し物を揃えたり、という御用があります。なにも草むしりをしなくてもいいんですよ」

「そういうわけにもいかないわ。みんな、手伝いにきてくれているのだから」

アリエノールは、夫を迎え、共に領地を治めていくべき立場にある自分の責任を、よくわかっていた。それに、決まってしまったことに対して、いつまでも駄々をこねて鬱々《うつうつ》としているのは性に合わない。なにより領民たちが、アリエノールの結婚をとても喜び、準備に協力してくれている。そうとなったら、部屋で泣き暮らすわけにもいかないではないか。

「向こうの丘に馬影が見えたところで着替えれば、間に合うわ」

アリエノールがそう言ってマリエをなだめたとき、

「姫さま、姫さま！」

と慌てふためいたしゃがれ声が中庭に響いた。城の跳ね橋を見下ろせる部屋から、城の執事を務めるフィリップが駆けおりてくる。彼はアリエノールの祖父の代からの家臣で、いまでは事務的なことを一手に引き受けている老人だった。

「まあ、どうしたのフィリップ」

アリエノールは立ちあがった。まわりにいた村のおかみさんたちも、フィリップに注目する。フィリップは年のせいでよろつく足で、息を切らしながら中庭に走りこんできた。

「大変ですぞ！　姫さまの婿殿がおいでになられた！」

「なんですって！」

叫んだのはマリエだった。「いまどちらに？」

「もう向こうの丘を下りて町に入っとるわい。それらしき騎影が二つ見えた」

「じゃあ、すぐに跳ね橋を渡って城にお入りになるわ」

マリエは居合わせたおかみさんたちに指示する。「急いで歓迎の宴の仕度をしなくちゃなりません」

事態を呑《の》みこんだおかみさんたちは、ある者は中庭から厨房《ちゅうぼう》へ走り、ある者は応援を求めるために城の外へと向かった。フィリップも、従者の間《ま》のほうへよろよろと駆けていく。そこに詰めている城の男手に騎士の来訪を告げ、厩《うまや》の手配をするのだろう。

「だから申しましたのに」

マリエは一つため息をつき、黙ったまま立っていたアリエノールに向き直った。

「姫さま、いますぐお部屋で着替えてきてください。わたしが広間でお出迎えしておきますから」

城門と外廊のほうが騒がしい。騎士が到着したのだ。マリエは必死にせかしたが、アリエノールは肩をすくめてちょっと微笑んでみせた。

「このままでいいわ、マリエ。いまさら着飾っても、夫となるかたにはいずれわかってしまうことですもの。これがわたしの本来の姿だ、って」


ウォリックは、出迎えた慇懃《いんぎん》な厩舎番《きゅうしゃ》に愛馬を任せ、城内に足を踏み入れた。埃《ほこり》ひとつなく手入れされた石造りの廊下を歩く。角を曲がると、小広間に二人の女が立っているのが見えた。どうやら、城で働く侍女らしい。一人は赤毛で快活そうな小柄な女。もう一人は、胸の下まである見事なブロンドの髪を結いもせずに緩やかに波打たせた、物静かそうなほっそりとした女だった。

薄暗い廊下を通り抜けて彼女たちの前に立ったウォリックは、挨拶をして女主のもとへ案内を請おうとした。だが、ブロンドの女が、まっすぐな視線で彼を見上げてきた瞬間、ウォリックは悟った。

この女性がアリエノールだ……！　稲妻に打たれたかのように、彼の胸中を驚きと喜びが交錯した。

どうして城の主ともあろう女が、侍女と変わらないような服装をしているのか。それがウォリックの驚きの大部分を占めていたが、喜びもまた、驚きと根を同じくしていた。そんな姿でも、彼女の美しさは特別なものだったのだ。誇りと懼《おそ》れと抑えきれない好奇心をたたえ、ウォリックを見た翠《みどり》の瞳《ひとみ》。光を紡いだかのような金色の豊かな髪。白い肌は、触れたら冷たいのではないかと思わせるほどなめらかで、しかし透き通って頬に血の色が差している。ほんのりと赤い唇はふっくらと柔らかそうだ。

ウォリックはぶしつけにならぬように気をつけながら、アリエノールを見つめた。「約束の地」にふさわしい、まさに神の御使《みつか》いのごとく輝ける女性だ。彼女の魅力を前にしては、目をそらすことなどできそうにない。ウォリックはそんな自分を嗤《わら》った。

皮一枚の美しさには、なんの意味もない。戦場で、宮廷で、その事実を嫌というほど思い知ってきたはずなのに、まだ惑わされ、初めて会ったばかりの彼女に希望と救いを見いだそうとする自分がおかしかったのだ。

「はじめまして、ノーザンプルの女領主どの。ウォリック・ラングリーです」

ウォリックは跪《ひざまず》き、作法どおりにアリエノールの手に接吻《せっぷん》した。アリエノールに触れたウォリックの指先は、薄く透ける散りやすい花びらに手を伸ばす少年のように、わずかな震えを抑えきれなかった。

ロンドンの王宮でも数え切れないほどこなしてきた、単なる儀礼に過ぎないというのに、こんなことは初めてだ。ウォリックは再び自嘲《じちょう》した。

夫となるべく現れたウォリックに、アリエノールはどこか懐かしさを覚えていた。彼が、吟遊詩人の唄《うた》に出てくる騎士そのものの、精悍《せいかん》な容貌《ようぼう》と物腰をしていたからかもしれない。じっと見つめてくる目が、記憶の中にある兄の青い色の目とよく似ているような気がしたからかもしれない。

だが、立ちあがったウォリックが浮かべた笑みに、アリエノールは途端に自分がひるんだことを感じた。彼は、唄に歌われるような清廉潔白なばかりの騎士ではない。ぼんやりとした記憶の中にだけ残る優しかった兄ではない。アリエノールの知らない暴力と策謀をくぐり抜けてきた、成熟した大人の男だった。その事実は、彼女の胸に甘美なざわめきをもたらした。

ああ、わたしはどうしてしまったのかしら。初めて巣から大空へ飛び立った小鳥ですら、風を受ける羽毛のそよぎをこれほど感じはしないでしょうに……！

「アリエノール・フェラーズです。長旅でお疲れでしょう。どうぞこちらへ」

アリエノールは声が震えぬよう気をつけながら、樫《かし》材の重厚な両開きの扉を示した。

マリエが扉を開く。一同は控えの小広間から、大広間へと場所を移した。

「俺の言ったとおりだったな」

対面の様子を黙って眺めていたシャンドスが、先を歩くウォリックに低く耳打ちした。「どうやらあんたは、深い海の底に眠る真珠よりも美しい、ヴィーナスも恥じ入るほどの妻を手にしたらしいぞ」

蠟燭《ろうそく》の灯《とも》された大広間には、互いの距離感をつかもうとするときに生じる、居心地の悪いぎこちなさがあふれかえっていた。それは、甘苦いざくろの実に歯を立てる前の、ためらいと飛び散る赤い果汁への期待とに似ている。

アリエノールはマリエやフィリップをはじめとする城の主だった者たちを紹介し、ウォリックは相棒の騎士であるシャンドスを、共に城に迎えてくれるよう要請した。

「もちろん、歓迎いたしますわ」

アリエノールは無口な黒髪の騎士をちらっと見て、小声で了承した。「最近はこのあたりにも野盗が出るのです。城には女や老人が多くて満足な兵もいないし、領民たちも不安がっていますから、騎士のかたがもう一人いらっしゃるとなれば、心強く思うでしょう」

充分な量の料理が運ばれ、席についたアリエノール、ウォリック、シャンドスの三人がそれらを食べ終わるころにも、未《いま》だ会話は途切れがちなままだった。大きなテーブルの端と端を行き来しながら給仕していたマリエは、気を揉《も》まずにはいられなかった。

ウォリックは何杯目かのワインの入った杯に口をつけ、それから正面に座ったアリエノールを見た。正面と言っても、長い辺を持つテーブルだ。彼女との距離はずいぶん遠かった。

「王というのは無責任なものですね」

突然なにを言い出したのかと、ウォリックの言葉にアリエノールが顔を上げた。彼女の眼は蠟燭の火に瞬き、星々を映した夜の湖のようだ。ひとを魅了する水の精とは、もしかしたらこんな眼をしているのかもしれない。ウォリックは、深閑とした森の中に誘《いざな》われるような思いがした。

「実際に一緒に暮らしていくのは俺たちだというのに、結婚せよと気楽に命じて、あとは知らん顔だ。あなただって、俺がどんな人間かをまったく知らない。不安もおありでしょう」

俺のことを知ったら知ったで、不安はいや増すばかりかもしれないが、とウォリックは心中で思った。だが、互いに歩み寄る努力はしてみてもいいだろう。

「どうです、アリエノール。俺は堅苦しいのは好きじゃない。ざっくばらんに、己れの心を語ることにしませんか」

「ええ」

アリエノールはぎこちなくうなずいた。「わたしもちょうど、それを望んでいたところです」

少しもざっくばらんではない。ウォリックは苦笑した。左に座るシャンドスを見ると、彼の唇にもわずかな笑みが刻まれていた。それは、いつも感情を面に出さないシャンドスにしては珍しく、あたたかみのある表情だった。彼もウォリックと同じ思いを抱いたのだろう。

どうやら年若いこの女性は、宮廷の恋愛にはつきものだった駆け引きもないかわりに、男に打ち解け、誘惑する術《すべ》もまだ知らないようだ、と。それもまた、咲き初めの薔薇《ばら》の蕾《つぼみ》から香気が漂うのにも似て、好ましかった。

「お許しをいただいたので」

ウォリックは杯を手に椅子から立った。つかつかと歩み寄り、テーブルの角を挟んでアリエノールのすぐ左手にあたる椅子に座り直す。そしてさっそく、よそ行きの言葉づかいを放棄した。

「こんなに離れて座ってたら、『このキジうまいな』と言うのにも、置屋の女将《おかみ》みたいな怒鳴り声をあげなきゃならないからな」

ウォリックの言動をアリエノールはびっくりして見守っていたが、すぐに声をあげて笑った。

「お料理がお口に合ったのね。よかった」

アリエノールの明るい表情に、ウォリックも安堵《あんど》した。どれだけ美しかろうと、人形のように冷たく硬直しているばかりの妻などごめんだ。少し打ち解けたアリエノールは、若々しい雌鹿のようにしなやかで敏捷《びんしょう》な生き物に見えた。

色素の薄い、気後れするほど整った容貌のせいで、ウォリックはアリエノールを誤解するところだった。蠟燭で照らし出された石造りの大広間が、なおさら彼女を、取っつきにくいお高くとまった人間のように感じさせたのだろう。だが実際のアリエノールは、夜会のときだけ華やぎ、日中は日に当たってはいけない生き物のように城の中で暮らす宮廷貴族の娘たちとは、どこか違っている。ウォリックはそう思った。

それは、彼女の服装からもうかがえた。いまはさすがに、灰色の衣から着替えていたが、それでも身につけているのは簡素な白いドレスで、なんの飾りもない。髪も結っていたが、宝石の類《たぐい》はいっさいちりばめられておらず、ただ両耳の上あたりに、半球状にまとまって咲いている小さな白い花を挿していた。ウォリックはその花に見覚えがあった。城に来るまでの道には、花々が咲き乱れていた。その中にたしかに、白い花をいっぱいつけた低木があった。

「きみは、俺の想像していたのとは違うな、アリエノール」

と、ウォリックは言った。「女領主というのは、もっと豪奢《ごうしゃ》に着飾っているものだと思っていた。刺繡《ししゅう》やレースの施されたドレスは嫌いか？」

アリエノールは宮廷に行ったことがない。夫となる人間を迎えるのに、女らしい装いをしない無粋者だと揶揄《やゆ》されたのだと思い、彼女はサッと頰に血を上らせた。

「嫌いというわけでは……」

言葉が胸につかえてうまく出てこない。「ただ、ここでの生活にはそぐわないし、わたしには必要ではないのです」

「ああ」

ウォリックは少し困惑した。「責めたわけじゃない。じゃあ、きみに必要なものって？」

領内に暮らす人たちが飢えないための食糧。それを育てる安定した気候。領民たちと一緒に歌ったり、物語に耳を傾けたりする時間。

だがそのどれもが、狭い世界で暮らす自分の、子どもっぽい勝手な願望なような気がして、アリエノールは答えられなかった。それに、自分にとって真実、必要不可欠なものは、自身の心のもっとずっと奥のほうで息をひそめているような気がした。

「……あなたばかり質問してるわ、ウォリック。わたしは、あなたがどこで生まれたのかも、どんなふうに生きてきたのかも知らない。これからここで暮らしていくことを、どう思っているのか、も」

「俺は、典型的な成り上がりの騎士だよ」

ウォリックは朗らかに断じた。「この国の一番南端のあたりで生まれた。貧乏貴族でね。家は兄貴が継いでいて、俺はガキのころから騎士見習いに出された。それからずっと戦場で……」

人を殺して生きてきた、と言うのは憚《はばか》られた。ノーザンプルは長らく戦場になったことがなく、アリエノールは血と暴力から一番遠い世界で生きてきた人なのだから。

「まあ、このへんで、穏やかにのんびり暮らすのもいいかと思って、この結婚話に乗った」

「そう」

アリエノールは、ウォリックが言葉を濁した部分に秘めた感情を敏感に察した。

「だけど、見かけほどのんびりした生活ではないかも。夫婦喧嘩《げんか》した鍛冶《かじ》屋のおかみさんの愚痴を聞いたり、暴れる羊の毛を刈ったりしなきゃならないから」

「おかみさん連中や羊への対処法は、これから覚えよう。きみに教えてもらって」

ウォリックは、アリエノールがあえて彼の過去に踏みこまず、冗談めかした受け答えをしてくれたことに気づいた。その心遣いはありがたかったが、しかしいずれ、綺《き》麗事《れいごと》は暴かれてしまうだろう。彼女を怯《おび》えさせるのは本意ではないが、ウォリックは戦士なのだ。

「さっそくだが、髪に挿した花の名を教えてもらえるだろうか。あいにく、そういう方面には疎くてね」

「小手毬《こでまり》よ」

アリエノールは、指先でそっと花に触れた。「ありふれた花なんだけど、わたしはとても好きなの。村のおかみさんたちが届けてくれたんです」

「とてもきれいだ、アリエノール。春の女神みたいに」

自分の本当の姿を知ったら、アリエノールはどうするだろう。ウォリックは苦く思った。

この短い時間の会話だけでも、ウォリックはアリエノールに心を惹《ひ》かれはじめていたからだ。

ウォリックとシャンドスは、城の東側にある客人の間で寝起きすることになった。司祭が駆けつけて三日後に行われる婚礼が済めば、ウォリックはアリエノールと同じ寝室に移ることになる。

婚礼までの三日間は、城内の間取りや仕組みを覚え、執事のフィリップから領地運営の説明を受けることに費やされた。午後は馬を走らせ、近くの村々の様子を実地に見聞した。

どこにいても、ウォリックには期待と好奇の眼差《まなざ》しが降り注ぐ。どうにも居心地が悪かったが、ウォリックはそれも仕方あるまいと諦《あきら》め、努めて領主になるにふさわしい男のように振る舞った。つまり、堂々と、節度を保って。アリエノールと結婚することは決まっていても、二人はまだ夫婦ではないのだ。貴族の姫君に対して、優雅な距離を取るよう心がけた。

だがアリエノールは、夫となるウォリックにとっては好ましいことに、格式張ったことにはあまり興味がないようだった。まだ城の暮らしに慣れないウォリックをそれとなく気遣い、会話が増えるに従って、臆《おく》さずに笑顔も見せるようになった。その笑顔を目にするたびに、ウォリックは凍えた指先を暖炉にかざすときのような感覚を味わうのだった。

一度など、アリエノールが自ら案内役を申し出て、共に馬に乗って近場の領地を視察した。

アリエノールはローディーヌともすぐに仲良くなった。ウォリックの鞍《くら》の前に横座りし、あちこちを指差して地形などを説明する。そのあいだに行き会った領民たちは、みな親しげにアリエノールに声をかけてきた。彼女がどれだけ慕われているかが、ウォリックにもすぐにわかった。

まだ少女ともいえるような年齢なのに、彼女は一人でこの土地をしっかりと切り盛りしてきたのだ。ウォリックは風になびくアリエノールの金の髪をそっと撫《な》で、自分を振り仰いだ彼女の額に軽くくちづけした。アリエノールは耳まで赤くしたが、なんの抗議もなかった。アリエノールを怯えさせなかったことに、ウォリックは安堵した。

恋の罠《わな》に落ちるのは、なんとたやすいことだろう。眩暈《めまい》にも似た陶酔とともに、彼はため息をつく。手入れされた王宮の薔薇《ばら》園も、谷間の百合《ゆり》の清楚《せいそ》な気高さの前では色褪《いろあ》せる。宮廷での恋愛ゲームの経験がどれだけあろうとも、戦場でどれだけ剣の腕を賞賛されようとも、アリエノールの前ではなんの役にも立たない。彼女に心を奪われた俺は、牙《きば》を抜かれた狼のように従順に、このたおやかな乙女の愛を請うしか術《すべ》がないのだ。

ウォリックは手綱を握る自分の腕の中にあるアリエノールの柔らかい肢体を感じ、アリエノールは頬のすぐそばにあるウォリックの鍛えられた胸板を感じていた。シャンドスは寄り添う二人を見て見ぬふりで、少し離れた場所でパーシヴァルに牧草を食べさせていた。

いよいよ婚礼当日の朝が来た。

今日ばかりは、アリエノールもマリエに手伝ってもらって、白い絹のドレスを着る。ペチコートで裾《すそ》を膨らませ、袖口《そでぐち》に繊細な刺繍の施されたドレスは、アリエノールによく似合った。

「まるで妖精《ようせい》みたいですわ、姫さま」

マリエはアリエノールの髪を編みこみながら言った。「ウォリック殿はハンサムだし、礼儀はちょっとどうかと思うところもありますけど、基本的には陽気で優しい人みたい。よかったですね」

「そうね……」

アリエノールは物思いに沈んでいた。「でも、あの人にはどこか陰があるわ。なにかを隠していらっしゃるみたい」

「そりゃ、まだ会って数日ですもの」

マリエは笑った。「そしてこれから、何十年も一緒にお暮らしになるんです。賭《か》けてもいいですけど、姫さまはそのうち、『もうすこし秘密の部分があってもいいのに』とおっしゃるようになりますよ」

結婚式は城内の礼拝堂で行われた。窓からはステンドグラスの青い光が射しこみ、祭壇の前ではウォリックが待っていた。いつもどおりの黒い服だったが、今日は革の飾り帯をしていた。ベルトには剣が差してある。

光の中に立って自分を待つ男の姿を、アリエノールはうっとりと眺めた。そうよ、わたしは幼いころからずっと空想していた。ウォリックのような騎士と甘い恋に落ちるのだ、と。それがいま、現実になるんだわ……。

司祭の問いかけに答え、二人は誓いの言葉を口にする。参列した領内の有力者たちや、城仕えの者たち、国王からの使者とシャンドスが、式の進行を見守った。

本当にこの人と結婚していいのかしら？　アリエノールは、「誓います」と言いながら、最後の迷いを捨てきれなかった。わたしは本当に、この人を愛し、理解し、支えあっていくことができるのだろうか。まだお互い、ほとんどなにも知らないというのに……！　こんなふうに急激にだれかに心を奪われるのは初めてだったので、彼女は胸にあふれる甘い奔流にとまどっていたのだ。

だが、もう神聖な誓いは神の御前で立てられ、中庭からは、祝いに駆けつけた領民たちの声が聞こえてきた。大広間では祝宴が始まる。だれもが、結婚の儀式を終えて広間に入ってきた若い領主夫妻の姿に目を奪われた。救国の英雄として名高い騎士と、麗しい女領主。神々しいまでの輝きに満ちて幸せそうに寄り添う二人は、まさに神話の世界を織りあげたタペストリーのようだ。

一段高くなった領主の席に、ウォリックとアリエノールは椅子を並べて座った。これから二人で領地を治めていくことを、形の上ではっきりと皆に示す必要があったからだ。とは言っても、ウォリックは当分、「領主見習い」に励まなければならないが。

「どこへ行っても、まずは見習いから、か」

ウォリックはそう言って、席まで手短に祝いの言葉を述べにきたシャンドスに笑いかけた。「ま、騎士見習いよりマシだけどな」

アリエノールは、夫の友人である武骨だが誠実そうなシャンドスと、もっと親しくなりたかった。

「シャンドスさん」

「『さん』はいりません」

シャンドスはいつものぶっきらぼうな口調で訂正した。「なんでしょう、アリエノールさま」

「『さま』もいりませんわ」

アリエノールがささやかに反撃すると、シャンドスは注意して見なければわからないほどの笑みを浮かべた。

「これからどうか、友人としてわたしのことも支えてください」

「もちろん。喜んで」

と、シャンドスは答えた。

マリエの歌声が、中庭から聞こえてきた。いままで大広間で采配《さいはい》をふるっていたはずなのに、音楽が始まったとたん、堪えきれずに飛び出していったのだろう。

「きみの城には、なかなかおもしろい人材がそろってるな」

ウォリックは、不安定な音程を刻むその歌声に耳を傾け、酔っ払って柱の陰でぐらぐら揺れているフィリップを見ながら言った。フィリップはさっきまで、「あのお小さかった姫さまが……」と大泣きしていたのだ。

「わたしたちの城よ」

るわ」

アリエノールは笑い、「中庭にも行きませんか？　みんなあなたに挨拶《あいさつ》したがってと誘った。

中庭では焚《た》き火が赤々と燃え、村人たちが輪になって踊っていた。ウォリックとアリエノールもその中に入り、軽快なステップを踏んで笑いあった。そこへ、宮廷から祝いの品として、上質の布地とワインが届けられた。ワインの樽《たる》はすぐに開けられ、広間でも中庭でもふるまわれる。人々の歓声と楽の音《ね》は、最高潮に達した。

宴《うたげ》はまだまだ続きそうだったが、月も傾いてきている。あとは床入りのために、二人で寝室に上がるタイミングを見はからうばかりだ。アリエノールは緊張のために、指先が冷たくなるのを感じた。そして、そんな自分がなんだか恥ずかしかった。軍神マルスのように美々しくも精悍《せいかん》な夫の前では、己れが物慣れぬ小娘のように思われて、気後れしてしまう。

城門のほうから慌ただしい人の気配と、切迫する調子でやりとりする声が聞こえてきたのは、そのときだった。アリエノールたちは、何事かとそちらを見る。すぐに、城の兵士に案内されて一人の農夫が駆けこんできたため、中庭からは軽快な音楽が立ち消えた。

駆けどおしに駆けて、城までたどり着いたのだろう。農夫は差しだされたワインを一息に飲み干し、ようやく呼吸を鎮めて言った。

「リーヴスの丘の集落が、野盗に襲撃されていますだ！」

「馬の用意を！」

ウォリックが命じ、アリエノールから離れて城門のほうに走った。その後をシャンドスが追う。アリエノールは息を飲み、祈るように両手を胸の前で組みあわせて二人を見送った。中庭に集まった人々は、平和な時間を打ち破られた恐怖と不安に、いつまでもざわめいていた。

二日目

八時に目が覚めたときには、神名《かんな》はリビングで新聞を読んでいた。まだトランクス一丁なのにびっくりし、まあなにをのんびりしてるの！　と言おうとして、そうか、会社を辞めたんだっけと気づく。

テーブルの上にはいつもどおり、私の分の朝食も作ってくれてある。そしていつもとは違い、神名は食べずに私を待っていた。表からは、学校に向かう子どもたちの声や、行き交う車の音が聞こえてくる。この部屋だけ宙に浮いてるみたいだ。どこにも行かずにいるというのは、こんなに静かなものなのか。

「おはよう」

と言って神名は新聞を畳み、座るように私を促す。「習慣ってのはこわいよ。六時半に目が覚めちゃうんだから」

すごく久しぶりに、一緒に朝ご飯を食べる。私は、皿に載った目玉焼きもハムもトマトもいっしょくたにパンに挟んで食べるけれど、神名は絶対にそうしない。目玉焼き、パン、ハム、パン、トマト、牛乳、パン、ときちんと「三角食べ」をする。皿の上の世界に秩序をもたらすための儀式みたいに、とても美しく器用に箸《はし》を使う。それを見るたびに、ちゃんと正座して母親と楽しくしゃべりながらご飯を食べていたのであろう、小さいころの神名の姿が思い浮かぶ。いま、私の向かいに座る神名はあぐらをかいていて、くだらないことばかり話し、唐突な行動で人を驚かせるけれど、箸使いに彼のすごく根本の部分が表れているような気がする。

改めて聞いたことはないけれど、神名にはもう近しい身内も親戚《しんせき》もいないらしい。正月に帰省したことも、様子を尋ねる電話がかかってきたこともない。神名がそれをさびしく思うことがあるのか、それとも気楽でいいやと感じているのか、私にはわからない。ただ、会社も辞めてしまって、神名はこれからどうするつもりなのかな、と思う。どこにも属さず、だれからも必要とされない。神名はどんどん身軽になって、そんな場所へ行こうとしてるんじゃないかと、とても不安になる。

「本当にもう、会社に行かないんだね」

パンが詰まったみたいに、胸が苦しい。「どうして辞めちゃったの？　なにかいやなことがあったとか、ものすごい失敗をしちゃったとか？」

私が聞くと、神名は「そうじゃないよ」と笑った。

「なんつうの、十年後にはゴミになって捨てられちゃうもんを、必死に売るのが馬鹿らしくなった」

「そんなこと言ったら、ほとんどのものがそうでしょ。私の訳してるロマンス小説が、百年後に世界文学全集に収録されてる可能性は限りなくゼロに近いよ」

「あかりの訳す小説は、読者を楽しませるだろ？　だけど、どんどんバージョンアップされるカーナビ用の新しいソフトや、タクシーに搭載して交通量を調べる機械を、自動車会社や国土交通省に売りつけるのは、非常に胸躍らない仕事だ。道がわかんなかったら地図を調べりゃいいだろ！　渋滞してたら音楽でも聴いて、車列が動き出すのをのんびり待ってりゃいいだろ！　と、こう……むなしさがこみあげてくるんだなあ」

　私はちょっと考える。

「神名は、タージ・マハールやピラミッドみたいに、何千年も残るような物にこそ価値がある、と思うわけ？　でもああいうのは、王様がものすごい権力と奴隷を駆使したから作れたもんだよ？　奴隷もいないかわりに、みんなで楽しく消費生活。それでいいじゃない」

「そりゃ、俺だって炎天下に無給で、王様のためのでっかい墓石を運びたくはねえよ」

　神名はぐび、と牛乳を飲んだ。「だけど、生活が劇的に便利になるわけでもない、ただひたすら会社の金儲《かねもう》けのためにあるような細々《こまごま》とした商品をさあ、あくせく売ってどうなるわけ」

神名の言いたいこともわかるけれど、その考えは少し、傲慢《ごうまん》というものじゃないかしら。大多数の人はそうやって働いて、生活を送っているわけだし。私が黙っていると、神名は途端に視線をさまよわせはじめた。

「ほら、あかりもいつも言ってただろ？　バーゲン用に、縫製もデザインも悪い服を作って売るのはまったくの無駄だ、って。それと同じだよ。なくてもいい物なのに、売るための品物をわざわざ作ってるようなもんだったわけ。そこに俺は、むなしさを感じたんだなあ」

あ、わかった。なんだかんだ理由をつけて、この人つまりは、働くのがいやになっただけなんだ。心配して真面目に相談に乗ろうとしたりして馬鹿をみた。そうだよ、この人こういう人なんだよ。どうも腰が据わらないっていうか、イメージ的にはふらふらしてる貧乏旗本の三男坊っていうか。どう頑張っても、堅実に勤めるのは三年が限度の性格なのよね……。私のまわりにいたのは、一つの仕事に何十年も打ちこむ人ばかりだったから、最初はなかなか神名を理解できなかったけれど。いるのだ、もう決定的に仕事に対する根気に欠けた人というのは。

だいたい、前にいたのが左翼系の小さな出版社で、昨日までの勤め先は交通関係のソフト開発会社、っていう時点で、彼の人生に脈絡というものがまったく感じられない。まさに行き当たりばったり。

飲み屋で得体の知れないおじさんに、「きみ、きみなら重い全集を抱えて営業できるだろ!」と声をかけられて、普通ほいほいと就職を決めるだろうか? 中学高校と野球漬けで、スポーツ推薦で入った大学では途中で肩を故障してボーッと過ごし、おかげで二十歳過ぎてもメーデーが何月何日なのかも知らなかったような人間が。神名の無軌道ぶりがたまに心底恐ろしい。まあ、そのおかげで、その出版社の下訳を引き受けていた私は神名に会えたんだから、あまり文句は言えない。

三年前に出版社を飛び出した神名が転職できたときは、本当に奇跡だと思った。今度はさすがに無理だろう。どうするのかなあ、神名はこれからどうするつもりだろう。

と悶々《もんもん》と考えていたら、部屋の電話が鳴った。神名がもそもそと這《は》っていって受話器を取る。あの口調からして、相手はきっとまさみちゃんだ。彼女はいつも神名の携帯電話にかけてくるのに、どうして今朝にかぎってこの番号に連絡してきたんだろう。私がこのところ、神名の部屋に泊まりこんでることは知ってるだろうに、もしかして堂々と宣戦布告されてるのかしら?

電話を切った神名はそそくさとジーンズを穿《は》き、出かける仕度をはじめた。これ以上、会社を辞めたことについて追及されると、旗色が悪くなるからだろう。

「まさみちゃんの荷造り、手伝ってくる」

「うん……。携帯はどうしたの?」

「解約しちゃったよ。料金の一部は会社負担だったし、俺は自分ではあんまり使わないから」

そうだったのか。宣戦布告だなんて大げさに受け止めたりして、神名とまさみちゃんとのあいだになにかあると決まったわけでもないのに。どうも私は勝手に妙な勘ぐりをしちゃっていけない。刺激を捏造《ねつぞう》しなければならないほど、神名に退屈しているわけでもあるまいし。やはり人間、仕事が切羽詰まってくるとろくなことを考えない。

神名はいつもどおり、調子っぱずれの鼻歌を歌いながら部屋を出ていった。馬鹿らしい。神名のことはしばらく放っておこう。生き抜いていくための体力と図太さにかけては、それこそ江戸時代の遊び人ぐらい秀でているんだから。こっちも、余計なことを心配している場合ではないのだ。

昼まで集中して翻訳に取りくんだが、どうも釈然としない。このアリエノールって女はなんなんだ。いくつだっけ？　そうそう、十八歳。まだ若いのに覇気というものがないのよねえ。本当に「女領主としての誇りと責任」に満ちているのなら、祈るような気持ちで二人を見送らずに、自分もとっとと馬に乗って野盗狩りに参加すればいいのに。まどろっこしいわ、封建時代のお姫さまじゃあるまいし。あ、封建時代のお姫さまなのか。

瞳には星の光を湛《たた》えた、美の女神のような乙女。マルスのごとき男性美を備えた勇敢な騎士。一目会ったその日から、二人は恋の花を盛んに咲かせるのでした……。訳していてたまに、自分の歯が浮いてることに気づく。

ロマンス小説には、描かれる舞台や時代によって細かいジャンル分けがある。その中でも、中世の騎士とお姫さまの恋を描く、ヒストリカル・ロマンスはけっこう根強い人気を保っているけれど、どうしてなんだろう。基本的にはおしとやかでおとなしい、言葉を替えればやや主体性に欠けたお姫さまの恋を、どうして現代の女性たちは応援するのかしら。ヒーローの騎士だって自分勝手でわがままなところがあって、実際にこんな人がいたらとてもお近づきにはなりたくないタイプなのに。

「耐えて耐えて愛を育《はぐく》む」というパターンにうっとりしちゃう心が、私の中にもあるのかもしれない。ツッコミを入れながら読む、という楽しみもあるし。現に、「祈ってないでおまえも行け！」といちゃもんをつけながら、喜んで翻訳しちゃってるしなあ。うっとりとツッコミの絶妙な塩梅《あんばい》が、やみつきになってくる。

そろそろ脳みそが疲れたから休憩。昼ご飯はそうめんでいいや。茹《ゆ》でながら、続きがどうなるのかちょっと読んでみよう。結婚式の夜に野盗狩りに行ってしまったウォリックに、アリエノールはどういう反応を見せるのか……。


ウォリックとシャンドスは、夜明け前に城に戻ってきた。寝もやらず彼らの無事を祈っていたアリエノールは、張りつめていた心が緩み、膝《ひざ》が震えだすのを抑えることができなかった。馬から下り立ったウォリックに、言葉もなく抱きつく。ウォリックもそっと、アリエノールを抱きしめ返した。

「無事でよかったわ……」

そう囁《ささや》いてから、ウォリックの袖口《そでぐち》がじっとりと濡《ぬ》れていることに気づいた。「どこか怪我をなさったの？」

「俺の血じゃない」

アリエノールは、ウォリックの目に疲労と深い傷心の影がよぎるのを見た。

「お休みになって、あなた」

そう、二人の婚礼の夜は、まだ終わってはいなかった。


自分の夫が婚礼の夜に問答無用で人を殺してきたらしいのに、アリエノールってのはずいぶん神経の太い女だわ。彼女に対する認識を改めなきゃならないかもしれない。いや、こんなにすんなり状況を受け入れられるんだから、やはり極めつきの従順さだとも言えるか。

なんだかこの展開では、物語の起伏に乏しいなあ。「人殺し」である自分に悩むウォリックと、そんな彼に戸惑いながらも徐々に愛を深めていくアリエノール、という二人の相克と理解を描くのがテーマだと思っていたのだけれど、違うのかしら。結婚の誓いを立てた時点で、アリエノールの中でウォリックは「無条件に愛すべき存在」にいつのまにか昇格してしまったみたいだ。アリエノールはいままで平和な村で暮らしてきた女性なんだから、夫が人を殺したと判明したら、もうちょっと怯《おび》えたり嫌悪感を覚えたりするものだと思うけれど。

いけない。そうめんが茹だりすぎてしまった。ザルはどこだ。うわ、神名は流しの下の戸棚を、ちゃんと掃除してるのかしら。汚い……。長らく使っていなかった物らしく、ザルの目が埃《ほこり》で詰まってボウルになっちゃってる。洗わなきゃ。ああ、洗ってるうちに鍋《なべ》の中の麺《めん》がますますのびていく！

ようやくそうめんにありつきながら、原書を読み進める。私はロマンス小説を翻訳してる場合なのだろうか。美男美女が型どおりに結婚して、困難を乗り越えてハッピーエンドに至る、とわかっている物語を読むことで、私は本当に幸せを感じられるんだろうか。

ロマンス小説は、結局のところ家族小説だ。ヒーローとヒロインが、いかにして幸せな家庭を築いたか、という話だ。これは私のための物語ではない。おもしろく読みはするけれど、私を真実ときめかせるための物語ではない。ときめかない自分をとても残念にも思うけれど。

そう……、私はウォリックよりもむしろ、シャンドスのほうが気になる。無口で無愛想で頬に大きな傷があるシャンドス。彼もウォリックと同様、戦いに明け暮れてきたはずだ。

そんな彼からすると、美しい妻を得て新たな生活を築こうとする盟友のウォリックは、どう見えるのだろう。素直に友を祝福しようと思えるかしら。裏切られたと感じはしないのか。自分たちの友情と信頼のあいだに割って入ってきた世間知らずのアリエノールを、シャンドスは受け入れられるだろうか？

でもきっと、シャンドスの心理は描かれない。ロマンス小説は、主役の男女二人にしか焦点が当たらないものだし、たとえこれからシャンドスがウォリックの恋敵になるとしても、当て馬としての役割以上にはならないはずだ。かわいそうなシャンドス。ヒーローには決してなれぬ宿命の男。

シャンドスの活躍があるといいのに、と頁《ページ》をめくりつつ、のびきったそうめんを口に運んでいたら電話が鳴った。

「はい、矢野です」

一瞬の沈黙のあと、受話器の向こうから呪われそうなダミ声が聞こえてくる。

「おまえはいつから『矢野』になったんだ、あかり」

「お父さん！」

ここは矢野神名の部屋なんだから、「矢野です」と名乗って電話に出るのは当然だ、と話して通じる相手ではない。「どうしたの？」

「大変なことになった。男のところに入りびたってる場合じゃないぞ。いますぐ家に帰ってこい」

「なんで？」

父はすぐ私を呼び戻しておさんどんをさせようとするから、まったく油断がならない。締め切りで切羽詰まっているときに、父のわがままにいちいちつきあっていられるものか。

私の冷徹さにたじろいだのか、父は「うう」とうなり声をあげていたが、やがて観念したらしい。しぶしぶと理由を言った。

「お父さんは骨を折った」

「うそでしょ?!」

この忙しいときにかぎって！　これはなんの呪いなのだ。

「いつ、どうして、どこの骨を！」

「今朝、家の前で車から下りた拍子に、右腕の骨をぱっきりと、だ！　いま病院から帰ってきた。ああ、痛い。包帯の白さが目にしみる。まさかおまえ、そんなお父さんを放っておかないだろうなあ？」

わかったわかった、わかりましたよ。骨折だなんて本当かどうか怪しいものだが、すぐに帰るからと告げて、電話を叩《たた》き切る。

まずは神名に事情を連絡したいが、そういえば携帯電話は解約したと言っていたっけ。リビングのテーブルに、「父、骨折。帰る」とメモを残しておく。家まで歩いて五分だし、着替えも日用品も神名の部屋用と自宅用と、別々に置いてあるから、帰るとなっても身軽なものだ。ノートパソコンと原書と辞書を小脇に抱え、部屋を出る。

　ああ、暑い。真昼に外に出るのは久しぶりだ。直射日光にさらされた腕が、なんだかむずがゆい。小さいころは、日差しに当たって肌が痒《かゆ》くなることなんてなかったのに。とんだ惰弱者になったものだ。それとも、オゾン層が破壊されて紫外線含有量が以前よりも増えているのか。暑い。骨折が嘘だったらどうしてくれよう。こんな調子で、翻訳は期日どおりに終わるだろうか。いや終わらせなければ。次の仕事も入っているんだから、終わらなかったら計画がめちゃくちゃだ。失踪《しっそう》も視野に入れなきゃならなくなる。

　なんでこうまで必死に働いているのだろう。夏休みもなし。昼ご飯はそうめん。着ているものはTシャツと木綿のスカート。贅沢《ぜいたく》をするわけでも、したいわけでもないのに、強迫観念にかられたようについつい仕事を引き受けてしまう。神名みたいに奔放かつ怖いもの知らずな性格だったらどんなにいいだろう。砂の城を作ることに没頭する幼稚園児みたいに、彼ならばなんの不安も抱かず三年は遊んでいられるはずだ。

　ぐるぐる考えているうちに自宅に着く。軒が触れそうなほど密集した、下町の古い住宅街。木造の家はどこもクーラーなんてついていない。窓は開けっぴろげで、昼下がりのテレビドラマの台詞《せりふ》が筒抜けだ。そこに風鈴の涼しげな音が混じる。家々のあいだを走る細いアスファルトの地面には打ち水がされ、湿った埃のにおいが立ちのぼる。

配管の遠山。この看板も、そろそろペンキを塗り直したほうがよさそう。父はそんなところまで気が回らないから、私が手配しないと。でもお盆前で、ペンキ屋さんも混んでいるかもしれない。

玄関の横のシャッターが半開きになっている。覗《のぞ》きこむと、水道管やネジの散乱した車庫には、いつもどおり父の仕事用の白いワゴンが停まっていた。狭い路地だから、三回も切り返さないと車庫入れできない代物だ。腕を折ったというのが、ますます嘘くさい。だまされたのだろうか。

玄関の引き戸を開け、「ただいま」と声をかける。応答はなし。上がってすぐ左手にある居間を見ると、父がこちらに背を向け、この暑いのにタオルケットを首もとまでかけて寝そべっていた。

「いるんなら返事してよ。大丈夫なの？」

父の背中のそばの畳に座り、様子をうかがう。父は頑固に目を閉じたままだ。

「ねえ、お父さん。腕はどうなのよ」

ここらへんかな、と見当をつけて、右腕のあたりをタオルケットの上からコツコツと叩く。驚いたことに、ギプスの硬い感触がする。本当に骨折したんだ、と感心しそうになったところで、「あいたたたっ」と大仰に叫んで父が飛びあがった。

「おう、あかり。帰ってたのか」

起きてたくせに。父は三角巾《さんかくきん》で吊《つ》った右手を、大儀そうにさすってみせた。

「ご覧のとおりで、商売あがったりだ。早めの盆休みにするしかねえ。飯も作れないから、おまえやってくれ」

「車は車庫に入れられたのに、ご飯は作れないの？」

「ハンドルは片手で回せるだろうが。だけどおまえ、左手だけでは卵を割れん」

私はどちらの手でも、卵を割れる。父は単に、鍛錬が足りないのだ。世話が焼ける。

「なんでワゴン車から下りるだけで腕の骨が折れるのよ」

「下りようとして転んだんだ」

父はそっぽを向いて言った。年を取ったことを自覚していないから、そういうことになる。まあ、大事に至らなくてなによりだ。昼ご飯はと聞くと、病院の食堂で食べたと言う。それなら、ととりあえずは居間の卓袱台《ちゃぶだい》にノートパソコンを置き、仕事を再開する態勢を整える。

私が家にいるらしいとわかって満足したのか、しばらくすると父は雪駄《せった》を履いてふらふら出ていった。近所のおじさんたちに、骨折したことを言いふらしたいんだろう。町内みんな顔見知りで幼なじみなもんだから、父はいつまでも子ども気分が抜けない。母は、父のそんなところが好きだったみたいだけれど。そうだ、母に挨拶《あいさつ》しなくては。

居間の隣の仏間には、線香の香りがほんのり漂っている。仏壇に捧《ささ》げられたお茶もご飯も新しい。毎朝ちゃんと母に手を合わせるのは、父のほとんど唯一の美点だ。お母さん、お父さんがまた私の仕事を邪魔するよ。早く骨をくっつけてやってください。

冷蔵庫を見たら空っぽだった。あの親父、なにを食べていたんだか。どうせ商店街の焼鳥屋に行って、毎晩好きなだけ酒を飲んでいたに違いない。ちょっと家を空けると、すぐこれだ。畳がざらついているのも気になる。

家の中をざっと掃除し、二階の窓から父の布団を干す。夕飯の買い物に行かなきゃ、と思いながらも、きりがつかずに原書を読んでいたら、あっという間に五時だ。どうしよう。今晩はなにか出前を取ろうかしら。父が拗《す》ねるかな。

「こんちは」

玄関から声がする。神名だ。メモを見て、来てくれたんだ。急いで引き戸を開けると、神名が両手にスーパーのビニール袋を提げて立っていた。

「お父さん、具合はどう？」

「本当に腕の骨が折れたらしいの。びっくりしちゃった。でも大丈夫。いまも近所に、吊った腕を見せびらかしに行ってるぐらいだから」

「相変わらずだな」

神名は笑い、ビニール袋を持とうとした私を、「いいから、いいから」と制する。

「夕飯は俺が作るよ。あかりは仕事してな」

「ありがとう」

神名はごそごそと冷蔵庫に食料を詰めたあと、二階に行って布団を取りこんだり、台所でなにかを切ったりと、忙しく立ち働きはじめた。私はその音を聞きながら、訳について考える。そしてふと、台所にいる神名の背中に尋ねた。

「そういえば、まさみちゃんの引っ越し準備はどうだった？　順調？」

「いやあ、あれは終わるかわかんないね」

神名はみそ汁の出汁《だし》を取りながら言う。「明後日に大迫さんの車を借りて、新しい部屋に移る予定らしいんだけど」

「明後日?!　なにがなんでも終わらせなきゃまずいじゃない」

「だよな？　でも、もうわけのわかんないぬいぐるみとかがいっぱいあるの。しかもすごくデカいのが。捨てればって言ったんだけど、『思い出の品だから』って聞かないんだよなあ。どうすんだろ、あれ」

「私も当日は手伝いにいく」

「人手は欲しいとこだけど、無理すんなよ。大迫さんも、店の準備を始める時間まではいてくれるらしいし」

神名はみそ汁の鍋《なべ》を居間まで持ってきて、新聞紙の上に置いた。「出来たぞ。卓袱台の上、片づけて。お父さんはいつごろ帰ってくるのかなあ」

キャベツとほうれん草とベーコンの炒《いた》め物、焼いたししゃも、完璧《かんぺき》な色と形の卵焼き、冷や奴《やっこ》が卓袱台に並ぶ。二人分の箸《はし》と、父のためのスプーンとフォークを並べ、ご飯を茶《ちゃ》碗《わん》によそったところで、「おう、いい匂いだな」と父が帰ってきた。父は昔から、ご飯の出来上がりを察知する能力に長《た》けている。

「お邪魔してます」

神名は大根のみそ汁をお椀《わん》につぎながら、父に挨拶した。「腕はどうですか」

「痛ぇよ」

父は居間の敷居をまたぐ形で足を止め、神名を睨《にら》み下ろした。「なんでおまえがここにいる」

私が取りなすほかはない。

「お父さんを心配して、来てくれたんだよ。ご飯も作ってくれたんだからね。冷めないうちに食べよう」

「こいつの作った飯が食えるか」

「いま、『いい匂いだな』って言ったくせに」

私は鼻で笑い、「いただきます」と箸を手に取った。神名も、「いただきます」と食べはじめる。父のあしらいなんて簡単だ。案の定、一人取り残されるのが嫌いな父も、座ってむっつりと食べ出す。

「どう？　お父さん。神名は料理が上手だよね」

「あかりが作ったほうがうまい」

父はぶっきらぼうに言うが、それは嘘だ。神名はにこにこしながら黙っている。会話が途切れる。片手では食器がうまく扱えず、父はいらいらしだす。私が炒め物を皿に取り分けてあげるあいだ、居心地悪そうに脛《すね》をかいたりテレビをつけたりする。野球中継は間の悪いことに、巨人対中日だ。江戸っ子の父は巨人ファンで、神名は中日ファン。そして巨人が負けている。父はテレビを消す。再び沈黙。

「しかしなんだ、まだ六時前だぞ」

と父がおもむろに切り出す。「こんな時間に帰ってきて、飯まで作るとは、よっぽど暇な会社なんだな」

まずい、と止める間もなく、神名があっけらかんと答える。

「あ、俺、会社辞めたんっすよ」

「辞めたってどういうことだ。クビになったのか」

「いえ、自分から」

「なんでだ」

「なんでって……まあ、いろいろ考えまして」

言うなよ、言うなよ、と念じたのも届かず、神名は言い放つ。「俺、三年も経つと同じことしてるのに飽きてきちゃうんすよね。続いたのは野球ぐらいだったかなあ、ははは」

「おまえは……」

父がフォークを卓袱台に叩き置いた。「おまえはそれでいいのかー！　もうすぐ三十にもなるってのに、無職か！　あかりのことはどうする気だ。無職じゃ結婚できないだろ。遊びなのか、え？　うちの娘とは遊びなのか！」

いつもどおりの展開だ。父には、長くつきあって互いの家を行き来しているのに結婚しない、というのが理解できない。神名も私も、結婚にはあまり興味がないし、自分に向いてもいないということがわかっている。でも父にはそれがわからない。私は神名に、帰るよう視線で促す。もう食べ終わっていた神名は、素直に応じて立ちあがる。

「それじゃお父さん、お大事に。また来ます」

「だれがお父さんだ！　もう来るな！」

父は吊った右腕を振り回す。笑っちゃうほどの怒りようだ。私は神名を玄関先まで送った。

「ごめんね、神名」

「いや、いまのは俺が悪かった」

父の雄叫《おたけ》びが路地まで聞こえる。神名はちょっと笑った。

「俺、あかりの親父さんに怒られるの好きなんだよな。そんでつい、突っついちゃうんだ」

「マゾかね？」

「マゾだね」

神名は路地の出口のほうに歩き出した。「また明日な」

神名は優しい。神名はたぶん、私の父に自分の父親を重ねているのだ。これをしたら怒るだろうか、こう言ったら照れるだろうか、とあれこれ反応を試しては、「父親とはこういうものか」と知って無邪気に喜んでいる。時々、やはり彼はとてもさびしいんじゃないかと思うことがある。

路地を曲がるまで、私は神名の後ろ姿から目を離さずにいる。それから、さて、どうやって父をなだめたものかと思案する。早くなんとかしないと、台風みたいに怒りを渦巻かせた父が、私のノートパソコンまで放り投げないともかぎらない。

三章

丘のはるか彼方《かなた》に、湖のように静かに光る小さな水面がある。海だ。昼間は靄《もや》って空と溶けこんでいる遠くの海が、夜は傾いた月の光を反射してその姿を示す。

シャンドスはパーシヴァルを駆りながら、自分の故郷へと続く海をしばし眺め、それから視線を西へ転じた。前を走るウォリックは、行く手のリーヴスの丘のみを見据えている。城から馬で半時もかからない丘の集落は、夜の闇の中に赤く浮かびあがっていた。

「火をかけたか……！」

ウォリックの苦々しげな声が、風に乗って届いた。「急ぐぞ、シャンドス！」

振り返るとずいぶん遅れて、城の兵士たちが持つ松明《たいまつ》が揺れるのが見える。戦を知らぬ彼らを頼りにはできなかった。

城に駆けこんできた農夫は、水車小屋の様子を見に行った帰りに、街道をそれてリーヴスの丘に向かう野盗たちを目撃したという。道の脇の茂みに隠れて賊をやり過ごした彼は、泡を食って城に助けを求めにきた。集落が襲撃に遭ってから、もう一時は経っている計算になる。野盗たちの凶行を食い止めることができるだろうか。手遅れかもしれない、とシャンドスは思った。だが走らなければ。

物の焦げるにおいが強くなる。ウォリックとシャンドスは、野盗たちに踏み倒された簡素な柵《さく》を馬で飛び越え、火の粉が舞う丘の集落を駆けあがった。怯《おび》えて荒れ狂う農耕馬のいななきと、人々の悲鳴と怒号が錯綜《さくそう》するなか、二人ともすらりと剣を抜き放つ。ウォリックの剣は、炎にも負けない青白い光を宿していた。

「城のほうへ逃げよ!」

逃げまどう人々に告げ、赤ん坊を抱いた農婦の背後に迫っていた野盗の一人を、ローディーヌの横っ腹を当てて弾《はじ》き飛ばす。その直後には、たたらを踏んだ野盗の首が胴体から切り離されていた。豆の袋を引きずって納屋から出てきた新たな賊が、馬に乗ったウォリックの足に切りつけようとする。ウォリックはためらいなく、その胸を剣で貫いた。

掃討者の存在に気づいた野盗たちが、略奪を中断しておのおのの馬に乗った。なめし革を身につけ、剣や棍棒《こんぼう》を手にした者が十数人はいる。彼らは、相手がウォリックとシャンドスの二人だけと甘く見て、逃げるどころか取り囲むように間合いを詰めてきた。

「殺すのはまずかろう」

死角のないよう、ウォリックと馬を寄せあわせたシャンドスが言った。

「なぜだ」

ウォリックは憮然《ぶぜん》として答える。「武器を持たない農民たちに、夜襲をかけるような悪辣《あくらつ》な輩《やから》だぞ。殺してくれと言ってるように、俺には見えるがな」

「城の者たちは、殺しに慣れていない。新妻への印象が悪くなるぞ。ここは殺さずに捕らえるのが得策……」

言いかけてシャンドスは、野盗の一人が農家の屋根から矢でウォリックを狙っていることに気づいた。パーシヴァルの鞍《くら》にかけてあった弓を咄嗟《とっさ》に手に取り、矢を放つ。

野盗は喉《のど》もとを打ち抜かれ、声もなく地面に落ちた。馬に乗った野盗たちから、驚きと怒りのうめき声があがる。

「殺さずにおくんじゃなかったのか？」

ウォリックはくつくつと喉で笑い、渋面を作ったシャンドスの肩を叩《たた》いた。「来るぞ！」

風に煽《あお》られた熱波の中で、両者は激突した。馬がぶつかりあい、剣と剣とが打ちあわされて火花が散る。ウォリックは一人の野盗の左腕を斬り飛ばし、棍棒を振りあげてきたもう一人の野盗の乗馬を左脚で突き放した。剣についた血塊を払う暇もなく、その男の脳天に一撃を加えて地面に振り落とす。

空気のうなりを感じて振り返ると、シャンドスの投げた槍《やり》を背に受けた野盗が、ゆっくりと前のめりになるところだった。ウォリックは左手で野盗の背から槍を引き抜き、ローディーヌを走らせる勢いに乗せて、近づこうとしていた別の野盗の腿《もも》を貫き通した。そのままかまわず馬を疾駆させると、左腕に負荷がかかる。それでもウォリックは槍を離さない。穂先が肉を裂き筋を断つ感触が伝わった。

自由になった槍で、シャンドスの背後にいた敵を馬から突き落とす。

「借りは返したぞ」

声をかけ、ウォリックはシャンドスに槍を投げ渡した。

「さあ、どうだか」

シャンドスは受け取った槍で、起きあがろうと地面でもがいていた野盗にとどめをさした。

そのころには、野盗はあらかた二人によって討ち取られ、死体となって転がっていた。まだ息のある者も、傷の痛みに力なく喘《あえ》ぐだけだ。逃げ遅れて遠巻きに戦いをうかがっていた農民たちは、驚愕《きょうがく》の眼差《まなざ》しを二人の騎士に注いだ。

「怪我人は」

馬から下り立ったウォリックが、集落の長《おさ》らしき老人に歩み寄る。震える手で斧《おの》を握っていた老人は、掠《かす》れた声でかろうじて答えた。

「斬りつけられた者が少々。今夜はたいていの者がお城へ行っておりましたのが、不幸中の幸いでしただ」

ウォリックはうなずいた。

「歩けるか？　城へ行って手当てを受けたほうがいい。ああ、警護兵たちが来たな。彼らに運んでもらえ」

ようやく到着した城の兵士たちに、消火と負傷者の救護を命じる。兵士たちも、野盗が点々と地面に倒れていることに目を見張っていたが、すぐにウォリックの指示に従って働きはじめた。

「ウォリック」

シャンドスに呼ばれ、ウォリックはそちらに向かった。「これを見ろ」

シャンドスが剣先で、絶命した野盗の一人を指した。先ほど、屋根から弓でウォリックを狙っていた者だ。

「おやおや、ハロルドの紋章じゃないか」

覗《のぞ》きこんだウォリックは、呆《あき》れたように肩をすくめてみせた。野盗の籠手《こて》に、ハロルドの従者であることを示す紋が刻まれていたのだ。どうやら、野盗を装った刺客が混じっていたようだ。

「パーシー卿《きょう》は、とことん俺のことがお嫌いらしいな」

「やはり殺さなければよかった……。情報を引き出せたかもしれないのに、すまない」

「気にするな。おまえが殺《や》らなければ、俺が殺られていたんだ。助かった」

ウォリックは気楽に笑う。シャンドスは、ウォリックの持つ剣に目をやった。

「野盗たちの中に、まだハロルドの息のかかった者がいるかもしれん。オリハルコンの剣のことが漏れたら、面倒だ」

シャンドスは転がった野盗たちを検《あらた》め、まだ息のある者を引きずって、一所に集めた。左腕を失った者、腿から血を噴きだしている者、額を割られた者。どの男も瀕死《ひんし》の重傷だ。

「拷問にでもかけるつもりか、シャンドス」

ウォリックは手の中の剣の重みを確認するように、柄《つか》を握り直した。「苦痛を終わらせてやるほうがいい」

「しかし……」

「言っただろう、ハロルドにはなにもできやしない。また刺客を送ってきたら、返り討ちにしてやるだけだ。何度でも、な」

ウォリックが野盗の喉もとに剣を当てたとき、背後で先ほどの老人が「姫さま！」と声をあげた。驚いて振り返ると、アリエノールが白い馬から下りたところだった。

アリエノールは燃える家の前で呆然《ぼうぜん》と立ちつくす農民たちに声をかけ、緊張が解けて泣き伏す女を慰める。それから顔を上げ、ウォリックたちのほうに歩み寄ってきた。足もとに転がる死体を目の当たりにし、彼女はさっと青ざめた。

「どうしてここへ？」

ウォリックは平坦《へいたん》な声で問う。「きみにふさわしい場所とも思えないが」

「わたしも、あなたと共にこの地を治める者です」

アリエノールは毅然《きぜん》としてウォリックの前に立った。「状況を知る義務があります」

「城で負傷者の手当てをし、この集落の復興について考えるのも責務だろう。戻ったほうがいい」

そう言ってウォリックは、再び生き残りの野盗たちに向き直る。

「待って！」

と、アリエノールは叫んだ。「待ってください。その者たちをどうするの？」

「殺すんだよ、奥さん」

ウォリックはため息をついた。「あんたの民を傷つけ、奪おうとした者たちだ。それに、もう煉獄《れんごく》へ半ば足を踏み入れている。とどめをさしてやるのが親切というものだ」

「そんな……」

アリエノールは喘ぐように言い、助けを求めるようにかたわらのシャンドスを見た。

「手当てをすれば、まだ助かるかもしれないわ。助かれば、心を入れ替えないともかぎりません」

その見込みが低いことは、居合わせた者の目に明らかだった。弱い人間から奪取することで日々を暮らしてきた野盗たちは、いまや死に瀕している。だが、人の命が剣で絶たれようとしているのを、生まれて初めて目の当たりにしたアリエノールには、そのことが認めがたいのだ。

「俺がやろう」

見かねたシャンドスが進み出たが、ウォリックは首を振った。アリエノールから目をそらし、野盗の首に黙って剣を押し当てる。虫の息の野盗の濁った目が、ウォリックを静かに見つめる。

血しぶきが迸《ほとばし》り、アリエノールは悲鳴をあげた。

歓喜のうちにはじまった婚礼の夜は、混乱によってうち砕かれ、いま、沈黙の中で明けようとしていた。

城の大広間は焼け出されたリーヴスの丘の民であふれ、これからどうなるのかと不安げな囁《ささや》きに満ちていた。マリエたちが彼らの手当てをし、食料と毛布を与える。アリエノールとウォリックは、酔いも醒《さ》めたらしいフィリップと協議し、朝が来たら被害状況を調べて、具体的な対応策を練ることに決めた。

血と汗を流す必要のあるウォリックは、一足先に夫婦の新しい寝室へと上がっていった。アリエノールは、ウォリックと二人きりになるのがどうしてもためらわれた。「やめてほしい」と頼んだのに、なんの迷いもなく野盗たちの命を奪ったウォリックに、恐ろしさと反発を感じる。殺すことはなかったのではないか。ウォリックが急に、言葉の通じない人になってしまったようで、アリエノールは心細かった。彼はやはり、あまりにもアリエノールと違う。生きてきた道も、考えかたも。

大広間に行き、中庭から採ってきた薬草を、負傷したものたちに手渡した。農民たちに充分な保障と援助をすることを伝えると、彼らはやっと安心したらしい。毛布にくるまり、身を寄せあって仮眠を取りはじめた。

わたしはこの人たちのように、なにがあっても安心して憩《いこ》えるような関係を、ウォリックと築くことができるだろうか。大広間から出て、アリエノールは石廊を歩く。寝室で彼と顔を合わせる決心が、まだつかなかった。

城の中は、落ち着きを取り戻しつつある。とても静かだ。マリエとおしゃべりしたかったが、台所の横の使用人部屋で、彼女はもう眠っているようだった。慌ただしく長い一日で、疲れ果ててしまったのだろう。

いつまでもぐずぐずしていられない。婚礼の夜に城の中をそぞろ歩きしているところを、宮廷からの使者にでも見られたら、なんと言われるか。ウォリックも待っているだろう。早く寝室に上がらなければ。それとも彼は、物事の道理もわからぬ妻だと呆れて、さっさと眠ってしまったかしら?

二階の寝室に行こうと思いながらも、アリエノールの足は自然と本丸の塔に向かっていた。こんなにざわめいた心を抱えたままで、初めての夜を迎えることなど到底できそうもない。人の気配の届かぬところで、一人になってよく考えたかった。

だが塔の屋上には先客がいた。シャンドスだ。闇そのもののような黒い髪をした男は、アリエノールに気づいて軽く頭を下げた。

「失礼、勝手にここまで上ってきてしまいました」

かまわない、とアリエノールは首を振る。

「わたしのほうがお邪魔をしてしまったようです。お一人になりたかったのでしょう？」

アリエノールの脇をすり抜け、屋上から出ようとしていたシャンドスは、足を止めて彼女を見た。

「あなたも一人になりたくてここに来たのですか？」

「子どもっぽいとお笑いになりますか」

アリエノールは頬を染めた。この武骨な男に自分の戸惑いを打ち明け、相談に乗ってもらいたくなった。

「少し……驚いたのです。わたしは戦いというものをなにも知らなかったから、怖くなって……」

「そうでしょうね」

シャンドスは表情を変えぬままうなずいた。「だが誤解しないでいただきたい。ウォリックは血に飢えた獣ではないのです。必要とあらば殺すが、痛みを感じぬわけではない」

アリエノールはシャンドスを見上げた。水を浴びてさっぱりとし、剣を帯びていないシャンドスの目は、高潔な司祭と言われれば信じてしまいそうなほど、穏やかに凪《な》いでいた。

「あなたは……」

アリエノールはつぶやいた。「ウォリックのことをとてもよくご存じなのね」

「長く共にいますから。これからはあなたが、彼のことを一番よく知る人間になるでしょう」

「そうでしょうか。わたしには自信がありません」

「あなたにはたくさんの時間が許されていますよ」

傷でわずかに引きつったシャンドスの頬に、微笑みのかけらが浮かんだ。しかしそれもすぐに消える。

「知るための時間を断つがゆえに、人を殺すことは罪深い。その者の憎しみも、愛情も、剣の一振りで消えてしまう。あなたが怯《おび》えるのも無理はないことだ」

もしかしたらこの人は、今夜死んだ者たちのために、ここで祈りを捧《ささ》げていたのかしら？　そう思い当たり、アリエノールはうつむいた。

「あなたやウォリックを責めたかったわけではないの……。いえ、責めているのかしら？　そうしないと、わたしの心が押しつぶされてしまいそうだから。もう少し落ち着いたら、部屋に戻ります。シャンドス、あなたのことを教えてくださらない？」

「わたしの何を？」

「そうね……」

アリエノールは塔の屋上を囲う低い壁に腰を下ろした。隣に座るよう、シャンドスを促す。

「あなたはいつ、どこで、どうやってウォリックと出会ったの？　あなたも騎士見習いだったのですか？」

「いいえ」

シャンドスは、アリエノールと少しあいだを置いて座った。「わたしたちは戦場で敵として会ったのです。もう七、八年前、ウォリックはまだ十代、わたしも二十代のはじめのころでした」

「まあ……」

アリエノールは遠慮がちに驚きを述べた。「不思議なことに思えます。それなのにいまこうして、あなたがウォリックと行動を共になさっているなんて」

「簡単なことですよ」

シャンドスは苦笑した。「戦場でわたしは、ウォリックの剣技に心底感嘆した。その場ですぐに膝《ひざ》を折り、従者にしてほしいと頼みました。彼はそれを受け入れてくれた。ただし、五分と五分との友誼《ゆうぎ》を結ぼう、と。わたしたちは自分の剣を取り交わし、その後、わたしはイングランドの宮廷から騎士として叙されました」

「先ほど、ウォリックが持っていた剣……。いままで見たこともないような輝きを放っていたけれど、それではあれは、元々はあなたの剣なのですね？」

この女性は案外、冷静で賢い。シャンドスはそう思い、余計なことを言わぬよう警戒して口を閉ざした。シャンドスの緊張には気づかず、アリエノールは言葉を続ける。

「異国で鍛えられた剣ならば、見慣れぬ光を宿していたことも納得できます。シャンドスはどちらでお生まれになったの？」

「ここよりもずっと北の国です。ご存じですか？　海を隔てたところに、荒涼とした大地が広がっている。そこに住む者たちは、みな船に乗って豊かな土地を目指します。ウォリックと会ったのも、船の上での戦いにおいてでした」

ヴァイキング……！　アリエノールは息を飲んだ。

「知っています。兄は、あなたの同胞に殺されました」

「それは……」

思いがけない話に、シャンドスも驚いた。「なんと申し上げればいいか」

もしかしたら、お兄さまはこの人に殺されたのかもしれないわ。アリエノールは思った。その可能性がまったくないわけではない。でも……。

「……昔のことです。わたしの同胞が、あなたの親しい人を殺さなかったとどうして言えましょう」

アリエノールはシャンドスをまっすぐに見た。「知るための時間を断つから、殺すことは罪深いとあなたはおっしゃった。わたしたちには時間が許されている。これから、もっとわかりあうことができるでしょう？」

「はい、きっと」

と、シャンドスは答えた。アリエノールは微笑み、立ちあがる。

「ありがとう、シャンドス。わたしはこれから、ウォリックと話してきます。だれよりも一番、愛と理解を深めるべきかたと。おやすみなさい」

「おやすみなさい、アリエノール」

屋上から去っていくアリエノールを、シャンドスは穏やかな眼差《まなざ》しで見送った。

激しく鼓動を打つ胸を押さえ、アリエノールは寝室の扉の前で呼吸を整える。

今日は受け止めなければならないことが、たくさんありすぎた。野盗を殺したウォリック。ヴァイキングだったシャンドス。だがこうして寝室の前に立つと、どの出来事を受け止めるよりも、自分がウォリックの妻になることのほうが、勇気を必要とするように思えた。

静かに扉を開ける。室内は薄暗かった。鎧戸《よろいど》を下ろした窓辺に、たった一つ蠟燭《ろうそく》が灯《とも》されている。その明かりの下で、ウォリックがうつむきかげんに椅子に座っていた。ついに奇跡を起こせなかった救い主のように、彼はうちひしがれて見えた。先ほど、無情な神の御手のごとく、眉《まゆ》ひとつ動かさずに野盗の命を絶った者と、同一人物とはとても思えない。

アリエノールはおずおずとウォリックに近づき、その肩にそっと手を置いた。彼が顔を上げた。青い瞳はいまは闇に沈み、古い鏡のような鈍色《にびいろ》をしていた。

「この寝室にいていいものか、わからなかったが……」

ウォリックは囁《ささや》き声で弁解した。「きみは今夜は、ここには来ないだろうと思っていた」

「なぜ?」

アリエノールは、ウォリックの瞳に自分が映っていることを確かめながら問う。二人の他にはだれも聞く者もいなかったけれど、優しく声をひそめて。

「悪かった」

ウォリックはアリエノールの手を柔らかくつかみ、自分の肩から外した。「きみの治める領地で、きみの願いに反してあんなことをするのではなかった。しかも、きみの目の前で」

部屋から出ていくべく立ちあがろうとしたウォリックを、アリエノールは再び彼の肩に手を載せることで止めた。そのまま背を屈《かが》め、ウォリックの額に、頬に、最後に唇に、気持ちをこめてくちづけを落とす。

「忘れてしまったの? ここは、わたしたちの治める領地よ」

アリエノールは悪戯《いたずら》っぽく訂正し、それからウォリックのたくましい背に腕をまわした。「なにも隠さないで。一人で苦しまないで。わたしはあなたを知りたいし、愛したいの」

「俺を愛せそうかい?」

ウォリックは、吐息の触れあう距離でアリエノールを見つめた。彼女の長い睫毛《まつげ》が、なめらかな頬に淡い影を落としている。

「ええ、たぶん」

アリエノールの言葉はもはや声にならず、空気を甘くささやかに揺らしただけだった。シャンドスの言ったとおりだ。ウォリックは輝きだけを宿した「理想の騎士」ではないけれど、血に飢えた獣でも決してない。迷い、悩む、弱くて傷つきやすい心を宿したひとだ。そんな彼を抱きしめたかったし、彼に抱きしめてほしかった。

ウォリックはアリエノールの目に宿った願いを正確に読み取り、彼女を力強い腕で抱き上げた。二人の体が折り重なってベッドに倒れこんだとき、ちょうど今日最初の日の光が、空と大地の狭間《はざま》を一直線に走った。

しかしそんなことは、鎧戸を下ろした寝室の二人には関係なかった。

わたしたちには時間がある。初めて知る熱情に翻弄《ほんろう》されながら、アリエノールは思った。愛を深めていく時間が、これから始まるんだわ。ああ、それって、なんて素晴らしいことなのかしら……！

三日目

私にはちっとも時間がないよ、アリエノール！　着信したばかりのメールを読みながら、髪の毛をかきむしる。神名《かんな》の部屋に行きたい。クーラーのきくあそこは天国だった。私が混ぜておいた二人分の納豆を、目を離した隙に勝手に全部食べちゃうような傍若無人な父親もいなかった。あの右腕骨折親父のおかげで、私は今朝、梅干しだけをおかずにご飯を食べなきゃならなかったのだ。いまいましい。

ああ、神名はいまごろ、なにをしてるのかな。早く来てくれるといい。そうしたら気分転換できるのに。今日もまさみちゃんの引っ越しを手伝いに行ったんだろうか。彼女でもない女の子にそこまでしてあげるって、いくらなんでも親切すぎやしない？

いやいや、いま考えるべき問題はそれではない。翻訳の進み具合だ。ついに担当編集者からメールが来てしまった。

遠山あかり様

お世話になっております。

進みはいかがでしょうか。スケジュールがなかなか厳しいとのこと、こちらもギリギリまで待つつもりではいますが……。なにか資料が必要とか、困ったことがあったら連絡してください。できるかぎりサポートします。

正統派中世騎士ロマンスの出来上がりを楽しみにしていますよ。くれぐれも、体毛の描写は控えめに。日本の読者の好みに沿うようにしてください。

それでは、お体に気をつけて。

北星社　コロンバイン・ロマンス編集局

佐藤隆文

ごめんなさい、佐藤さん。四十代半ばのジェントルマンだというのに、ロマンス小説の体毛描写にまで気配りさせてしまって……。私がこれまで何回か、原書に忠実に、ラブ・シーンで胸毛についてまで訳したことがあったものだから、心配しているのね。

原書ではたくましさの象徴として描かれる胸毛を、日本の女性はどちらかというと忌避する傾向にある。むさくるしいのよりも、ツルツルしたのがお好みなのだろう。

そういう描写は、翻訳するときに適当に削らなければいけないが、私は物珍《な》しさも手伝って、ついつい、「彼女は彼の胸に頬を寄せ、荒々しく生えた胸毛をそっと撫でた。汗にしっとりと濡《ぬ》れたそれを、彼女は飽かず指に絡めた」などと逐一訳してしまう。読者を幻滅させては、ロマンス小説翻訳者として失格だ。今度はちゃんと自重せねば。

それにしても、このタイミングで進捗《しんちょく》状況を聞いてくるとは、編集者の勘というのは恐ろしい。御法度なことをしてしまったのがバレたのかと、動悸《どうき》が激しくなってしまう。

そう……やっちゃったんだよなあ、してはいけないことを。どうしよう。だってだって、アリエノールがあまりにも行動しないヒロインだったものだから、まどろっこしくなって。つい、「野盗討伐の現場にアリエノールも駆けつけ、ウォリックが人を殺すところを目撃」というシーンを捏造《ねつぞう》してしまったのよ！　ウォリックは無事、野盗を成敗しました。はい、すんなりと婚礼の夜のベッド・シーン、というよりも、このほうがいいと思ったんだもん。

さらに、シャンドスにもちょっと花を持たせてあげたかったから、もっと後ろのほうにあった塔の上でのエピソードを、ここに持ってきてしまった。シャンドスの人となりが明らかになるように、少し、いやかなり、アリエノールとの会話を新たに創作して。エピソードの配置を替えても、そう大きな支障はないと判断したからだが、ちょうど佐藤さんからメールが来たりすると、やっぱりひるんでしまう。訳すうちにどんどん展開に私の創作が混じってきてしまってることを、見透かされたようで……。

コロンバイン社から毎月発行されるロマンス小説は、頁《ページ》の字組も一冊の頁数も、すべて規格が統一されている。だから翻訳者は、手渡されたペーパーバックの原書から枝葉のエピソードを削って、規定の頁数にうまく収まるように訳す必要がある。ちゃっちゃと話が進むようにエピソードを入れ替えるぐらいは、編集方針の許容範囲内だろうけれど、原書にないエピソードを翻訳者が勝手に作ることは、許されていない。

このままでは、せっかく訳し終わったとしても、佐藤さんに駄目を出される確率が高い。彼は誠実に仕事にあたる熱心な編集者だから、原書と厳しく照らしあわせて、私の捏造エピソードなどすぐに見破るだろう。佐藤さんは当然、捏造箇所のある原稿を本になどしない。私にやり直しを命じるはずだ。北星社は編集プロダクションとして、コロンバイン・ロマンス社から翻訳を委任されている立場なわけで、万が一、コロンバイン社の抜き打ちチェックで捏造が発覚したら、北星社の信用はがた落ちになってしまうのだから。ぐおお、どうしたらいいんだ……！

いや、余計なエピソードを勝手に作らずに、素直に原書どおりの展開になるような翻訳を心がければいいだけなのだが。超訳はいけないよ、やっぱり。アリエノールの「女領主としての誇りと責任」じゃないが、私にだって翻訳者としての自覚と誇りはある。いつもなら、捏造シーンなんて決してつけくわえずに、うまく訳せる自信があるのに。神名が会社を辞めたり、父が骨を折ったり、ここ数日なんだか目まぐるしかったから、仕事への集中力や勘がちょっと狂ってしまってるんだろうか。

そうだ。時間もないことだし、ここから先は物語を捏造しないぞと心がけて、とりあええずは続きを訳してしまおう。それで最後に、おかしな部分を直したり調整したりすればいいんだ。うん、そうよ、それがいい。

「なーにを、一人でうなったりうなずいたりしてるんだ、おまえは」

父がギプスのはまった右腕で、私の頭をぽくぽくと叩《たた》いた。

「そんなことして、治りが遅くなっても知らないから」

父の腕を頭からどけ、座ったまま背後を振り仰ぐ。「なんで勝手に私の部屋に入ってきてんの」

「表に知らない女の子が来てるぞ。あかりの友だちじゃないか」

だれだろう。部屋の窓から、路地に面した木製の物干し台に上がり、手すりごしに見下ろしてみる。まさみちゃんだ。隣の家のおじさんが大事に育てて露台に並べている盆栽の枝を、引っぱって真っ直ぐにしようとしてる。

「それは曲がってていいものなんだよ、まさみちゃん」

急いで声をかけると、まさみちゃんはこちらを見上げる。

「カンちゃんいる?」

「ううん、今日はまだ来てないけど」

「そっかぁ。あかりちゃん、いま暇?」

暇じゃない。ちっとも暇ではないが、しかたがない。

「すぐ下りるから、ちょっと待ってて」

物干し台から引っこむと、父はもう私の部屋にはいなかった。階段を下りて玄関でゴム草履を履き、引き戸を開ける。まさみちゃんは紅しょうがみたいな色をしたワンピースを着て、玄関の前に立っていた。太陽が落ちてきたのかと思えるほど、目に暑い。

「上がって」

と言っても、まさみちゃんは首を振る。なにか用があるんじゃないんだろうか。

「よくここがわかったね」

「カンちゃんちに電話しても、だれも出ないから。マスターに教えてもらった」

「どうしたの？　あ、引っ越しの準備でなんか困ってる？」

「べつに」

と、まさみちゃんはまた首を振る。「でもちょっと疲れちゃったから、休憩中」

休憩って、引っ越しは明日のはずなのに、間に合うんだろうか。前々から素《す》っ頓狂《とんきょう》なところのある子だと思っていたが、今日はふだんに輪をかけて様子が変だ。なんだか心配になってきた。

「ちょうど気分転換したかったんだ。神社まで散歩しない？」

誘うと、まさみちゃんは黙って後をついてくる。神社の前の駄菓子屋で、よしずの陰に置かれたアイスクリームの箱を漁《あさ》った。「なにがいい？」と聞くと、まさみちゃんは「あたしが払う」と言った。彼女は私の意見は聞かずに、さっさとパピコを一つだけ買い、パキリと折った半分を渡してくれる。その無機質な感じのする手つきに、私は蝶々《ちょうちょう》の羽をむしる小さな男の子を連想した。

駄菓子屋の店番をしていたのは、幼なじみの百合だった。うちわを片手にやりとりを見ていた百合は、「はい、ちょうどね」とまさみちゃんから代金を受け取った。それから私に向かって、素早く眉《まゆ》を上下させて笑ってみせた。ちょっと変わってんね、その子。と、目が言っていた。

子どものころ、百合が家から失敬してきたパピコを、二人でよく分けあって食べた。縄跳びや陣取り合戦をする夏休みの私たちの口からは、いつもパピコがぶらさがっていた。遊び終わったあと、吸いつくしてぺったんこになった容器に水道水を入れて飲むと、とてもおいしい魔法の水のように感じられた。パピコは小学生の友情を象徴するアイスだ。仲良く半分こ。同じ味を同時に感じながら遊んだ日。

まさみちゃんと私は、チューチューと氷菓子を吸いあげながら道を歩く。とても親しい友だちみたいに。コーヒー味。私たちはべつに親しいわけじゃない。飲み屋の顔見知り。まさみちゃんの言動は、いつも私を戸惑わせる。

水の神さまを祀《まつ》るという神明神社に、人影はなかった。木陰のベンチを見つけ、そこに並んで腰を下ろす。大通りから車のクラクションが聞こえたのを合図にしたみたいに、まさみちゃんが口を開いた。

「あかりちゃんは、友だちの彼氏を好きになったことある?」

唐突になんの話なのだ、と思ったが、「ないねえ」と答える。

「一度も?」

一度も。だれかとつきあっていたり、結婚していたりする男にはまったく興味がわかない。もろもろの労力と結果を思うと、昼寝でもしていたほうがましだ、という結論が導きだされる。

だれかを触媒《しょくばい》にして、化学反応は常に自分自身の内に起こる。だけど体内で製造された劇物を、まわりのだれかに振りまきたいとは思わない。自分の中で感情が生成変化していくさまを、ただじっと見据えていくことのほうに興味がある。

私は、特定の人とすでに濃密な関係を築いている男を、振り向かせられるだけの魅力が自分にあるとは信じていない。もしも相手が振り向いてくれることがあったとしても、私はその瞬間に悟りの境地に至り、仏像のごとき冷笑を浮かべてこう考えることだろう。「ああ、この人にとっての愛情の対象というのは、だれでもいい、取り替え可能な存在にすぎないんだな」と。

自信がないんだか、いらぬプライドが発達しすぎてるんだか、自分でもよくわからないが、こういう思考回路のおかげで、神名とは五年も続いた、とも考えられる。私も、究極のマイペースぶりを発揮する神名も、基本的には「自分自身を一番好き」なのだ。

神名にはどこか、すごくかわいがられているのに、いつも窓から外を眺めてる猫みたいなところがある。そこに惹《ひ》きつけられて、たまに優しく撫《な》でたくなる。私が撫でたくなるときと、神名が撫でてほしいときは、たいがい一致する。それで私たちは気が合って、つかず離れず共にいることができる。

しかし、そういうことを説明するのも面倒だったので、黙ってうなずくに留《とど》めた。

まさみちゃんは、ビルケンシュトックのサンダルでしばらく砂利をかき混ぜていたが、やがて語りはじめた。

「あたしの大学の友だちが、親友の彼氏を好きになっちゃったんだって。奪ってしまいたいんだけど、親友に悪いなとも思うし、迷ってるらしいんだ。あかりちゃんだったらどうする？」

もしかしてこれは、まさみちゃんと神名と私のことを言ってるんだろうか。いや、私も当事者の一人に含まれるとしたら、いくらまさみちゃんでも、こんな相談を持ちかけたりはしないか。だが、まさみちゃんの距離感の尺度が私とは違うことは、パピコの一件でも明らかだ。

「奪っちゃえば」

私は迷った末に、内心の嵐が表に出ないよう気をつけながら、正直に答えることにした。

いけないいけない。「私の友だちが」というのは、往々にして話してる本人のことであるものだが、ここはちゃんと、まさみちゃんの言葉を尊重せねば。

「まさみちゃんの友だちが、親友の彼氏を『奪おうかな』と思ったってことは、親友の彼氏がまさみちゃんの友だちに、なんらかの好意を寄せてる素振りを見せたからだよ。自分に一片の好意も寄せてくれない相手に、人はなかなか恋できるもんじゃないからね。ましてアタックしようと思うなんて、相当、親友の彼氏に対して脈ありだと判断したからでしょ?」

「え、そうかな。彼は、あたし……の友だちにも、少しは気があるのかな」

まさみちゃんはなにやら嬉《うれ》しそうだ。私は敵に塩を送ってるのだろうか。神名は、私よりもまさみちゃんのことを好きになりつつあるのだろうか。甘味で口の中がねばついている。空になったパピコの容器を、ベンチの横にあったくずかごに捨てる。

「あのね、まさみちゃん……」

私の呼びかけを払い落とす勢いで、まさみちゃんがベンチから立ちあがった。

「よし、また荷造りにかかるか。あかりちゃん、聞いてくれてありがと」

引き止める間もなく、まさみちゃんは食べかけのパピコを握りしめたまま走っていってしまった。勝手に訪ねてきて、勝手に相談を持ちかけて、勝手になにかを納得して帰って
「まさみちゃん……の友だちが」

しまう。私は呆気《あっけ》にとられて彼女を見送る。

私がまさみちゃんに、「奪っちゃえば」と言ったのは、神名があんたに振り向くわけないでしょ、という余裕の表れでも、神名がほかの人を好きになったのなら、それはそれでしかたのないことだ、と割り切っているからでも、もちろんなかった。

いまの相談事が、本当にまさみちゃんの友だちと、その親友と、親友の彼氏とのあいだの話だと仮定してみる。すると、まさみちゃんの友だちが親友の彼氏を奪うことは、とても正しい行いだと思えてならない。なぜなら、それが親友のためでもあるからだ。

自分の彼女の友だちに対して、気のある素振りをするような男とは、早く別れたほうが正解だ。まさみちゃんの友だちは、「親友を不幸にしてまで、私が彼とつきあってもいいものかしら」とためらってるんだろうけど、そんなのは無駄な気遣い。絶対にその男は、また浮気するに違いないから。まさみちゃんの友だちは、きっといつか、別の女に彼を取られて泣くことになる。そのときには、親友とまた友情が復活するかもしれないし。だから、どうぞ安心して親友から男を奪ってくださいな。

そういう意味での「奪っちゃえば」だったんですよ、と説明したくても、まさみちゃんはもう影も形も見えやしない。まさみちゃんは、「神名を奪う？　どうぞどうぞ、ご自由に」という意味だと解釈したかもしれない。私はなんて馬鹿なのだ。

いまのがまさみちゃんの、「カンちゃんにちょっかいを出してもいい？」という遠回しな質問だったとすれば、返答はまったく違うものになる。「引っこんでろ、このガキ」だ。

はたして神名は、まさみちゃんにどういう態度を取ってるんだろう。気を持たせるようなことを、陰では言ったりやったりしてるんだろうか。たとえは悪いけれど、自分の飼い猫に似た子猫が、近所にたくさんいることに気づいたときみたいな気分だ。まあ、裏切られた。こいつったらいつのまに、部屋を抜け出していたんだろう。猫は知らん顔で、窓辺で毛繕いなどしている。気を抜けない食わせ者。

これはさっそく、神名に探りを入れてみなくては。忙しいときにかぎって、次々に問題は起こる。


神社から戻り、また翻訳の続きに取り組んだが、どうしても神名とまさみちゃんのことに頭がいってしまう。諦《あきら》めて夕飯を作り、それを父と食べ、銭湯から帰ってくると、神名が家の前で待っていた。仏間で狸寝入りを決めこんだ父が、どうやら彼を入れてやらなかったらしい。軋《きし》む階段を一緒に忍び足で上がり、私は神名を二階の自室に通す。

佐藤さんへの返信のメールの文面を、パソコンに向かってしばらく考える。神名は畳に寝そべって、訳し終えた部分を印字した紙を、熱心に読んでいる。時々、「ひゃひゃ」と妙な笑い声をあげる。なにかおかしなところがあるだろうか。気が散ってしかたがない。

「今日、まさみちゃんが来たよ」

「へえ、いつ?」

神名は紙をめくりながら、カルタゴの戦いの年号を聞くかのごとく、ちっとも身の入っていない返事をよこす。

「三時ごろ。神名が部屋にいなかったから、うちに来てみたんだって。どっか行ってた?」

こんなふうに、神名の行き先を詮索《せんさく》するような真似を、かつてしたことがあっただろうか。ためしに「私は嫉妬《しっと》の鬼である。」と、まだなにも書いていないメールの本文画面に打ちこんでみる。白い背景に黒く細い文字が浮かびあがる。うわあ、こわい。当人が背後にいるのに、黙ってこんな文章を打つなんて。自分で自分のしていることがつくづく滑稽《こっけい》に思えて、私は笑ってしまう。神名が急に起き上がる気配がしたので、慌てて文字を消す。画面は元通り、白一色に戻る。

「あかり!」

と神名が叫ぶ。畳から体が浮きあがるかと思った。まさか、画面を見られたのだろうか。

「びっくりするじゃない……」

向き直る前に、背中から神名が抱きついてくる。

「俺は興奮した」

「なにそれ。ちょっと、暑いってば」

身をよじっても、仲間のノミを取る猿みたいに離れない。神名は私を抱えこむようにして座り、後ろから腕をまわして、紙の束を机の上に立てた。二人羽織で国語の教科書を読むみたいな格好だ。いやな予感がする、と思った直後、やっぱり神名は私の訳文を声に出して読みはじめた。

真新しい寝具の上に、アリエノールの金色の髪が蜜《みつ》のように広がった。ウォリックは荒々しい欲望がこみあげてくるのを感じた。耳元や首筋に接吻《せっぷん》しながら、性急に彼女のドレスを脱がしていく。背中の細かい編み紐《ひも》に手間取った。

アリエノールはそれに勇気づけられ、負けじとウォリックのシャツの前をはだけた。鍛えあげられた戦士の胸筋が露《あら》わになる。しかし、革のベルトに差し掛かると、さすがに指先が震えて動きがたどたどしくなってしまう。ついにアリエノールのほうが先に、彼の前により多く肌を晒《さら》すことになった。シュミーズ一枚の姿になり、彼女は羞《しゅう》恥《ち》にうつむく。

ウォリックは、薄闇の中でほのかに発光するかのような、アリエノールの白い肌に目を奪われた。厳粛な思いと情動とに突き動かされて、彼は手をのばす。絹のシュミーズが引き裂かれ、アリエノールは小さな悲鳴をあげて、押しとどめるようにウォリックの腕に触れた。

「ぎゃー！　やめてやめて！」

淡々と朗読するから、なおさら恥ずかしい。

「なあ、なんでシュミーズなんだ」

「歴史物のロマンス小説のヒロインの下着は、たいていシュミーズと決まってるのよ」

「なんでそれを、ウォリックは引き裂いちゃうんだ」

神名は私の左肩に顎《あご》を載せた。

「歴史物のロマンス小説のヒーローは、初夜にはたいてい勢い余ってシュミーズを引き裂くものと決まってるのよ」

これは赤ずきんちゃんと狼の問答だろうか。「きっとそれによって、ヒーローの武骨さと力強さ、ヒロインへの愛と欲望の高まりを象徴できる、と作者は考えるんでしょ」

「ふうん」

神名の吐息が耳たぶをくすぐる。にやにや笑ってるに違いない。

「あんた、私のブラジャー引き裂いたら怒るからね」

「ご心配なく。ワイヤー入りバストアップブラを引き裂けるほど怪力じゃございません」

アリエノールが怯《おび》えているのを見て取り、ウォリックは我に返った。柄にもなく気が急《せ》いていたようだ。彼女は初めてなのだ。情熱を交わす方法を、優しく教えなくてはならない。

ウォリックは改めて自分に言い聞かせ、露わになった彼女の、豊満な胸のふくらみに柔らかく唇を寄せた。同時に、ほっそりとした腰を強い腕で抱き寄せる。アリエノールは、薄桃色の小さな胸の実をウォリックの熱い舌で転がされた瞬間、下腹部がつきんと痛むのを感じた。痺《しび》れるような、それでいてなにかがとろけてあふれだしそうな、初めて知る感覚だ。

戸惑って身じろぎすると、腿《もも》にウォリックの熱い高ぶりが触れた。驚いて自分の上にあるウォリックの顔を見ると、彼は少し照れたような笑みを浮かべて、アリエノールにキスした。

「ここに……」

ウォリックは慎重にゆっくりと、アリエノールの脚のあいだに指を挿し入れた。

「痛みがあるかもしれないが」

アリエノールはその瞬間、自身の欲望の在処《ありか》を初めてはっきりと悟った。彼の背にすがるように腕をまわし、キスを返す。

「かまわないわ。あなたが欲しいの、ウォリック」

ウォリックが導くままに、アリエノールは必死に応《こた》え、受け入れ、それと同じぐらい彼に与えた。愛情と、快楽を。

痛みなど些細《ささい》なことだった。大きな歓《よろこ》びが、彼女の胸を満たしていたからだ。力強い律動に翻弄《ほんろう》されながら、アリエノールはウォリックの頬に掌《てのひら》をそっと当てた。ウォリックはその手を取り、忠誠を誓うかのように唇を押し当てる。そのまましっかりと指を絡めあい、二人は共に階《きざはし》を駆け上った。アリエノールは、身の内で迸《ほとばし》った快楽が、じんわりと全身に染みわたっていくのを感じていた。

まだ互いの身体に腕をまわしたまま、激しかった鼓動が収まっていくのを待つ。アリエノールはウォリックの胸に頬を寄せ、じっと目を閉じていた。

「愛している、アリエノール」

優しく彼女の髪を撫《な》でていたウォリックがそう囁《ささや》いたとき、アリエノールは慣れない行為の疲労から、心地よい微睡《まどろ》みに半ば足を踏み入れていた。ウォリックはアリエノールが無言のままでいることに不安を覚え、少し身体を離した。アリエノールは幸せそうな表情で眠っていた。肌が離れたことに気づいたのか、彼女は無意識のうちにすり寄ってきて、またぴったりとウォリックの胸に額を押し当てる。

ウォリックは安堵《あんど》した。どうやら彼女は満足し、そしてウォリックを信頼してくれているらしい。アリエノールの華奢《きゃしゃ》でなめらかな肩を抱き寄せ、ウォリックも満ち足りた思いで目を閉じた。

背後にすごく不穏な気配を感じる。

「ねえ、なにか当たってるんだけど……」

「俺の『熱い高ぶり』だよ」

アホなこと言って。そんなのはわかってるっちゅうの。

「なんでこの文章でそんなに興奮するのよ！」

「いやいや、さすがに俺もそこまで純情じゃない。だけどなあ、あかりがすごく真面目な顔してこのシーンを訳したのかと思うと、こう、むらむらと……」

「ヘンタイヘンタイヘンタイヘンタイー！」

「ヘンタイでけっこう」

神名は私を抱えたまま、ごろんと畳に転がった。ひっくり返った虫みたいにもがいて腕から逃れ、尻《しり》でいざって後ずさるが、神名はすっかり本気モードの目で間合いを詰めてくる。これはまずい。

「ね、ね、今日はもうお風呂《ふろ》に入ってきたし、また汗かくのやだなあ。今度にしない？」

「却下！」

ああ、やっぱり。

すっかり満足した体《てい》の神名を家から叩《たた》き出し、本日二度目の料金を、銭湯『梅の湯』の番台に座るおじさんに渡す。九時をまわって、寝る前に一風呂浴びにきた人で、脱衣場は少々混雑している。

扇風機の前でおしゃべりに興じる、豊満な肉体をした顔見知りのおばちゃんたちに挨拶《あいさつ》し、洗い場に入った。「豊満な胸のふくらみ」と訳してしまったけれど、アリエノールはまさか、あのおばちゃんたちのような体型ではあるまい。「豊かな」のほうがよかっただろうか。そんなことを考えながら、手早く汗を流す。

さっきはどうも、神名に流されてしまった。それどころか、けっこう積極的にあれこれしちゃったりして。なまじお互いにお互いの体に慣れつくしてるものだから、その気になると段取りは早く進むし、心地よさを引きのばしたり焦《じ》らしたり、思いのままに楽しめるのがいけない。あ、結局、神名が今日どこに行っていたのかも聞き出せないままじゃないの。うまくはぐらかされたのかしら。なんて私は馬鹿なんだ。

「あかりってば！」

強く呼ばれてあたりを見回すと、湯船の中から百合が手招いていた。石鹸《せっけん》を洗い流して、私も百合の隣につかる。

「珍しいじゃない、あんたがこの時間に来るの」

「うん……」

二度目だとも言えなくて、曖昧《あいまい》に言葉を濁す。

「おじさん、腕を折ったんだってね。大丈夫？」

「お父さんは大丈夫だけど、私が大丈夫じゃない。今日も碁会所でボロ負けしてきて、夕ご飯のときにさんざん愚痴られた。『左手で打っても調子が出ない』って。どっちの手で打つかなんて関係ないっつうの、ねえ？」

「まあいいじゃない。あかりがあんまり矢野さんちに入りびたってるから、おじさんも寂しかったんでしょ」

「うん……」

さっきまで父のいる家の二階で神名といちゃついていた、とはとても言えず、私は鼻の下まで湯船に沈む。そうだ、神名が会社を辞めたことを、百合に言っていない。まさみちゃんのことも話して、どう思うか意見を聞きたい。

だけど百合は、

「のぼせたー。じゃ、お先に」

と湯船から出ていってしまった。ぷりぷりした形のよい百合のお尻が遠ざかっていく。

私はいつから、男と抱きあったあとに幼なじみと風呂につかって平然としていられるようになったんだろう。

気がつくとまた、翻訳中のロマンス小説のことを考えている。アリエノールは、初めてのセックスがいたくお気に召したようだ。私はそうでもなかった。高校三年の夏休み。相手は同級生の男の子で、私は彼のことを好きだったけれど、それでもセックス自体はそんなにいいものとは思えなかった。あれはやはり、じっくりと探りあっていく思いやりと成熟がないと駄目なものなのだ。

それはつまり、セックスの快楽は基本的には、慣れによって生じるものだ、という事実を示す。たとえ愛が冷めても、惰性で一応の快感を得ることはできる。こんなものかな、と思いながら。通い慣れた家路を辿《たど》るみたいに。

女の快楽って、なんでこんなに漠然としたものなのか。もっとわかりやすかったらよかったのに。好きな相手と初めてのセックスをしたときも、神名と楽しくセックスするときも、私はいつも「こんなものかな」と心のどこかで思ってるような気がする。

慣れではなく、初めてなのに燃えるような快感を味わう。なぜならそれは、愛する人との行為だからだ。もしかしたらロマンス小説は、女性のそんな願望と夢をかなえるための物語なのかもしれない。あら、それって「心技体の一致」ってこと？　なるほど、たしかにセックスにはスポーツみたいな面もあるわね。

私は一人でひっそりと笑う。それから少し哀しみを覚え、湯の表面を掌でたぷたぷと叩く。いやらしい水音は、洗い場にいたおばちゃんが盛大に背に流した湯と混ざり、私以外のだれの耳にも届かず消えてしまう。

四章

ロンドンの宮廷には策謀が渦巻く。

ハロルドは妻の墓の前で、間者からの報告を聞いていた。多額の寄進をして、彼は自身の領内ではなく、宮殿に近いこの教会に妻の亡骸《なきがら》を埋葬した。

領地よりも宮廷に詰めていることが多いから、ロンドンのほうが墓参しやすいためだろう。人々はそう噂しあい、若くして妻を亡くしたハロルドに同情した。しかし殊勝にふるまうハロルドの内心には、そんな宮廷人たちの夢見がちな甘い心への嘲《あざけ》りが満ちていた。

妻をロンドンに葬ったのは、ただわたしの領地からあの高慢ちきな女を遠ざけたかっただけだからだというのに……!

自分の掌握する土地に、妻の血肉が腐ってとろけていくと考えるだけで、ハロルドは全身に悪寒が走った。彼と妻のあいだは、冷えきったものだったのだ。しかしその原因が自分にもあるとは、ハロルドは考えないのだった。彼は自分自身をだれよりも愛していたから、他者を愛するための寛容さに欠けるところがあった。

「野盗に紛らせておいた者は、どうやら返り討ちにあったようでして……」

間者からの報告は続く。成り上がり者のウォリックが、ノーザンプルの領地と美しい妻を手に入れたかと思うと、ハロルドは悔しさと焦りで視界が赤く染まるような気がした。

だが、それを表に出さないだけの狡猾《こうかつ》さを、彼はきちんと備えている。袖口《そでぐち》の豪奢《ごうしゃ》なレースをいじりながら、ふんと鼻を鳴らすにとどめた。

「やつの持つ剣については、なにか情報はないか?」

「は……。青白く輝いていたと申す者もおりますが、なにぶんにも周辺の領民どもの噂でしかありませんから、たしかなことはわかりませぬ」

ウォリックの剣が、はたして本当に「聖剣」なのか、実際に手に持ったことのあるハロルドにもはっきりしなかった。ハロルドが抜きはなっても、剣は光など発しなかったからだ。しかし、伝説の聖剣の下には、富と権力が集まる、と言われる。それが自分のものではないと考えると、ハロルドはますますいてもたってもいられない気持ちになるのだった。

ハロルドにも、血統のよさと政治力によって、宮廷で重んじられている、という自負があった。戦場での生臭い功績によって、貧乏貴族が王から取り立てられるなど、彼にしてみれば心穏やかではいられない事態だ。ハロルドはいまや、ウォリックの持つすべてのものが欲しくてならなかった。実力だけで勝ち取った王からの信頼、肥沃《ひよく》な領地、美しいと噂される血筋のよい妻、力の象徴である聖なる剣。

ハロルドはウォリックに恋をしているようなものだった。相手のすべてを奪いつくさずにはいられない、そんな恋に似た感情に突き動かされていた。

「精鋭を集め、野盗に扮《ふん》してもう一度ノーザンプルを奇襲するのだ」

間者に厳かに命じた。手の者が何人失われようと、ハロルドはなんら痛痒《つうよう》を覚えない。それで目当てのものが手に入るのなら、小汚らしい野盗として死んでいく兵たちなど、彼にとってはものの数にも入らない。

「わかっているだろうが、第一の目的はウォリックの命にある。次に、彼の持つ剣の奪取。よいな？」

「は」

間者は軽く頭を下げ、墓地の木立のあいだに消えていった。ハロルドはそのまましばらく、妻の墓の前に立っていた。

ウォリックさえ亡き者にすれば、アリエノールが自分のものになる可能性は高い。もともとは、ハロルドの妻にどうかと言われていた女性なのだ。そのときには、妻を亡くしたばかりで若い娘との再婚話に応じては、まわりからどんな目で見られるだろうとぐずぐずしていて実現しなかったが、どちらも伴侶《はんりょ》を亡くした身となれば、事情は違う。王に働きかければ、きっと色よい返事をしてくださるだろう。そうなったら堂々とノーザンプルに乗りこんで、傷心のアリエノールを慰め、彼女の夫として領地を自分のものにすることができる。ウォリックの形見の聖剣も、黙って領主の椅子に座るだけでハロルドのものになるのだ。

「まったく、よい時期に死んでくれたね」

ハロルドは妻の墓碑に優しく語りかけた。彼女の存命中は、ついぞ喉《のど》から出たことがないほど柔らかな声だった。

己れの冷淡さに気づけぬほど、鈍感で残酷。それがハロルドという男なのだ。

婚礼準備の慌ただしさと、当夜の混乱が通り過ぎ、ノーザンプルの城は徐々に日常を取り戻しつつあった。宮廷からの使者は、ウォリックとアリエノールの結婚が無事成立したことを見届け、ロンドンに帰っていった。野盗の襲撃で焼けてしまったリーヴスの丘の集落についても、着々と建て直し作業が進んでいる。

村人たちと一緒に、森から木材を切り出すウォリックとシャンドスの姿が、毎日のように見られた。アリエノールも丘に出向き、おかみさんたちに混じって炊き出しや焼け跡の整地を手伝う。ウォリックは再度の野盗の襲撃に備えて、城の兵たちを訓練することも忘れなかった。若い夫婦は結婚から半月ほどで、名実ともに領主夫妻であると領民たちに認められるようになっていた。

「よろしゅうございましたね、姫……いいえ、奥さま」

とマリエが言った。午後から急に天候が崩れ、アリエノールたちはリーヴスでの作業を中断して城に戻ってきた。窓からは、雨に濡《ぬ》れて緑を濃くした牧草地帯と森が見える。アリエノールとマリエは火の入れられていない暖炉の前に座って、冬用のベッドカバーの刺繍《ししゅう》に精を出していた。

「ああ、暑い」

マリエは、広げていた布を膝《ひざ》の上から下ろした。「夏がそこまで来てるってのに、もう冬の仕度をしなきゃならないなんて、やんなっちゃいますね」

「平和な証拠よ。先のことを考えて、準備する暇があるんですもの」

アリエノールも針を運ぶ手を止め、大切な友人である乳姉妹を見た。「それよりマリエ。なにが、『よろしゅうございましたね』なの？」

「決まってるじゃありませんか。ウォリックさまのことですよ。お会いするまでは、どんなならず者が来るんだろうって、城のみんなも心配してたんですよ。でも、とってもよく働いてくださるし、姫……奥さまのことも大切になさるし、ノーザンプルの領主として理想的なかたじゃございませんか？」

「そうね」

「あら、そっけない。今朝もわたしが起こしにいったら、仲良くぴったりくっついてお休みになってたくせに。これが、ご結婚をいやがって泣いてた姫さまかしらって、わたしはおかしくてしょうがなかったですよ」

「まあ、意地悪ね」

アリエノールは頬を赤らめた。「あなたが言ったとおり、たしかに結婚生活ってそう悪いものじゃないみたい。でも……」

色とりどりに染められた糸の中から、アリエノールは鮮やかな赤を選んで針に通した。

「ウォリックが来て、二週間しか経っていないんですもの。本当にノーザンプルの領主にふさわしい人かどうか、わたしにはまだよくわからないわ」

そうは言っても、アリエノールはもう、ウォリックなしでは生きることができそうもなかった。ウォリックからは、アリエノールが知らなかった世界の香りがする。そしてその一つ一つを、アリエノールの手に握らせては優しく導くウォリック。彼がいない毎日を、どう過ごしていたのかすらあまり思い出せない。

ノックの音がして、扉からフィリップが顔をのぞかせた。マリエは、「奥さまったら、慎重も度が過ぎると臆病《おくびょう》に変わりますわよ。もっとウォリックさまを信頼なさらないと」と、文句を言いながら立ちあがる。部屋の戸口でやりとりするマリエとフィリップをよそに、アリエノールは一人考えた。

信頼？　信頼ならしているわ。自分でも驚くぐらい早く、わたしはあの人に心を開くことができた。だけど、ウォリックはどうだろう。広い世界を知る彼は、ノーザンプルの暮らしに、本当に満足していられるかしら。いまはよくても、彼はいつか、またどこかに旅立ってしまいそうで……。そう思えてならないから、わたしはなんだか不安なんだわ……。

フィリップと話していたマリエが、手に紙包みを持って戻ってきた。

「奥さま、またロンドンから別の使者が来たようですわ。今度は、ウォリックさまと宮廷で親しくしていたかたからの、個人的なお使いですって。結婚のお祝いだとか」

アリエノールはマリエから包みを受け取った。中身は陶器らしく、硬くて重みがある。

「どうします？」

マリエは好奇心を抑えられないらしい。早く開けろとばかりに、横から覗《のぞ》きこんでくる。だがアリエノールは、それを暖炉の上に置いた。

「だめよ、マリエ。これはウォリック宛の品なんだから。使いの者には、充分なおもてなしを忘れずに。部屋は……そうね、本丸の塔の下がいいわ」

「かしこまりました。すぐに用意しますわ」

マリエはまだ紙包みが気になるようだったが、手配のために部屋を出ようとした。

しかし、戸口のところでふと振り返る。

「そうだ、昨日からシャンドスさまも、塔の西側の部屋に移ってらっしゃいますよ」

「なぜ？」

アリエノールはびっくりして聞いた。塔の部屋は、騎士が寝起きするには簡素すぎるものだったからだ。「東の客間がお気に召さなかったのかしら」

「いいえ。わたしたちもお止めしたんですけど、『もう客ではない。この土地に住み、領主夫妻に仕える身になったのだから』とおっしゃって」

「そう……」

シャンドスらしい律儀さだ、とアリエノールは思った。

そのシャンドスは、ウォリックとともに厩舎《きゅうしゃ》で愛馬の手入れをしていた。雨に濡れた馬体を拭《ふ》いてやり、蹄鉄《ていてつ》の具合を見る。

「退屈してないか？」

そばに立ったウォリックが声をかけてきたので、シャンドスは手を止めて顔を上げた。

「退屈？　なぜだ」

「おまえが故郷を捨てたのは」

ウォリックは、ローディーヌとパーシヴァルの前に新鮮な水の入った桶《おけ》を置いた。

「田舎で隠遁《いんとん》生活を送るためじゃないだろ。ここには何もないから、不満を感じてるんじゃないかと思ったのさ」

馬たちはさっそく、桶の中に顔をつっこんでいる。パーシヴァルの背を撫《な》でてやりながら、シャンドスは厩舎の窓の外に広がる景色を眺めた。靄《もや》のかかった森影から、遠い海鳴りの音が聞こえてくるようだった。

「俺があんたについてきたのは、海と戦い以外のものを見てみたかったからだ」

その願いはかなった。ここにはすべてがある、とシャンドスは思った。穏やかな暮らしも、友の幸せも。ここ十日ほどの、ウォリックとアリエノールの仲むつまじさを見るにつけ、ここに来てよかったと感じるのだった。ウォリックはもちろん、シャンドス自身も、戦いに明け暮れる日々を通り抜けて、ついに安息の地を見つけることができたのだ。

「俺のことを気にする必要はない。俺は、もしここに飽きたら――、あくまで『もしも』の話だが、そうしたら、またどこにだってふらりと出ていくことができるのだから」

「一人で、か？」

ウォリックは不満げな口調で言った。「そのときは俺も一緒に行くぞ」

「馬鹿を言うな」

シャンドスは笑ってたしなめる。「おまえにはアリエノールどのがいるだろう」

「アリエノールもつれていけばいいさ。三人で世界を見てまわる。うん、なかなかいい思いつきだ」

もしもそんなことができたら、たしかにとても楽しいだろう。アリエノールは貴族の姫君らしくない。泥に汚れることも、馬に乗ることも苦にしない質《たち》のようだから、旅に出たら、新しく目にする風物に歓声をあげるはずだ。まあ、よほどのことがないかぎり、彼女がこの土地を離れたがるとは思えないが。

シャンドスは、「あてられるのはごめんだな。一人で行くのがよさそうだ」とだけ答えた。

厩舎番のピーターが、見慣れぬ栗毛の馬をひいて入ってくる。

「やあ、ピーター。客か?」

ウォリックが気さくに声をかけると、ピーターもひとなつこい笑みを浮かべた。

「はい、ロンドンからのご使者だそうで」

「またか?」

ウォリックは眉《まゆ》をしかめ、シャンドスを振り返る。「なんだろう」

「さあな」

シャンドスは肩をすくめた。「ロンドンの暇な宮廷人たちにとって、あんたたちの結婚生活はよっぽど気になることらしい」

「放っておいてくれればいいものを」

ウォリックは馬栓棒をくぐり、厩舎から出た。

夕刻になって、雨は霧に変わっていた。乳白色の薄い膜に包まれ、塔の天辺《てっぺん》の輪郭が崩れている。城内に戻ろうとして、ウォリックは二階の寝室の窓辺に、アリエノールの姿を見つけた。霧に沈む領内を眺めているらしい。月光を紡いだような髪は、塔に匿《かくま》われた物語の中の姫君を思わせた。ウォリックはアリエノールに向かって手を振った。彼女もこちらに気づき、微笑んでみせる。

「俺は俺の天使と、仲良く過ごしてるんだから」

ウォリックの言葉には、照れと誇らしさと深い愛情とがこめられていた。ままごとみたいだな、とシャンドスは若い二人のやりとりを見て思った。ほほえましさと同時に、一抹の寂しさを覚える。それは嫉妬《しっと》に似て、シャンドスの胸を小さく刺した。その感情がウォリックに対するものなのか、アリエノールに対するものなのか、彼は自分でもはっきりとわからなかった。

「使者は、結婚の祝いを持ってきたのです」

部屋に入ってきたウォリックとシャンドスに、アリエノールは報告した。暖炉の上にあった包みをウォリックに手渡す。三人は小さな丸テーブルを囲んで、椅子に座った。アリエノールはそれぞれのコップにホット・ワインをつぎ分けた。ウォリックが包みに挟まれていた手紙に目を通すあいだ、アリエノールはシャンドスに気になっていたことを尋ねた。

「塔の部屋に移ったそうですね」

「許可も得ずに失礼しました。不都合があるようでしたら、もちろん元の部屋に戻りますが」

「いえ、どこでも気に入った部屋を使ってくださってかまわないんです。ただ、あちらの部屋は狭いから……」

「充分ですよ」

そう言ってシャンドスはワインを口にした。

「開けないの？」

アリエノールは、かたわらの夫を促す。手紙はとうに読み終えたはずなのに、彼は包みをテーブルの上に置いたままだったのだ。

「ああ……」

ウォリックはのろのろと包みに手をかけた。変な人ね、とおかしく思いながら、彼女はシャンドスとの会話を続けた。

「でも、不都合といえば、ないこともありません」

「なんです？」

シャンドスが気遣わしげな視線を向けた。アリエノールはにこやかな表情で、声をひそめる。

「お使いになっているのは、塔の西側の部屋でしょう？　あの部屋は実は、わたしたちのこの寝室と、つながっているんです」

立ちあがり、暖炉の奥の壁を押す。それはくるりと回転し、ほの暗い通路への入り口に変わった。シャンドスも驚いて椅子から立ち、暖炉を覗きこんだ。

「これはすごい……。こんな仕掛けがあったとは」

「廊下の壁が二重になって、城のあちこちに通じているんです。この通路を行けば、塔の西の部屋の暖炉に出られます。城が襲撃されたときに逃げ道にしたり、敵に気づかれずに兵を城内で移動させるためのものなんですって。わたしも、亡き父から聞いたきりで、使ったことはないのですが」

「なるほど。それで、不都合というのは？」

「からくりのある部屋では、お気を悪くなさるんじゃないかと」

「まさか」

シャンドスは笑った。「この通路から、夜な夜な悩ましい声が聞こえてくるようなら、わたしも考えますが」

アリエノールはカッと首もとまで赤くした。どうやらみんな、結婚したばかりのわたしたちをからかいたくてしかたないようだわ。いつもは無口で礼儀正しいシャンドスまでが、こんな意地悪を言うなんて。

恥ずかしさでぎくしゃくしながら、アリエノールは丸テーブルまで戻った。ウォリックは隠し通路にも興味を示さず、椅子に座ったままだったのだ。

「どうなさったの？」

なにか悪いしらせだったのかと、アリエノールは彼の手元を覗きこんだ。開けられた包みの中身は、絵皿だった。それも、貴族の女性の姿が焼きつけられている。アリエノールは、冷たい石を飲みこんだような気分になった。

どなたから？　と聞こうとして、すぐに言葉を押しとどめる。

こんな感情は、いままで知らなかった。アリエノールは、いつもだれかのものだった。アリエノールの身は、領民たちのため、城に仕える者たちのためにあった。だから、そこに夫が加わったからといって、さしたる変化もあるまい、と彼女はたかをくくっているところがあったのだ。

だが、実際はなんて違うのだろう。ウォリックに対しては、民に対するように鷹揚《おうよう》に構えていることができそうもない。ウォリックはアリエノールを、領地を治めるための象徴として手に入れたが、アリエノールはいまや、彼のすべてを欲していた。夫という立場の男、というだけではなく、彼の心も求めるようになっていた。

つまりわたしは、嫉妬しているんだわ。贈り物の主がだれなのか、詮索《せんさく》したくてたまらないなんて！

初めて芽生えた嫉妬の感情は、彼女の誇りたかい心を打ちのめさずにはいなかった。だがアリエノールは、野いちごみたいに甘くて苦い思いを、自分の内に見いだしてもいた。

ウォリックは、なんと弁解するかしら？　彼もさすがに、少しは動揺したり、慌てたりするかもしれない。でも、最後にこう囁《ささや》いてくれればいい。「愛してるよ、アリエノール。きみだけだ」って。そうしたらわたし、きっとすごく安心して、ロンドンでのウォリックの暮らしがどうだったかなんて、ちっとも気にしなくなるはずだわ。

アリエノールは祈るような思いで、ウォリックの言葉を待った。だが彼がなにを言うよりも早く、跳ね橋のほうから「野盗だ！」という叫び声が聞こえてきた。

「野盗の群れが、城下を襲っております！」

ウォリックとシャンドスは、素早く剣を手にした。

「話は帰ってからにしよう」

ウォリックは部屋の戸口でアリエノールを抱き寄せ、額に軽く接吻《せっぷん》した。「だが、これだけはわかってくれ、愛《いと》しいひと。こんなに安らいだ気持ちになれたのは、ノーザンプルできみと暮らした日々が初めてだ」

嫉妬と疑念に心をとらわれていたアリエノールは、その言葉を素直に受け止めることができなかった。だから彼女は、ウォリックが「愛してるよ、アリエノール」と囁いたとき、「わたしも」とは答えなかった。ただ、「気をつけて」とだけ言った。少しの意地と、彼を焦《じ》らしてやりたい気持ちもあったためだ。

ウォリックは笑ってうなずき、部屋から出ていった。


「いいのか、ウォリック」

馬に鞍《くら》を載せながら、シャンドスは言った。「あの絵皿はキャスリーン嬢からのものだろう？　アリエノールどのに、ちゃんと説明したほうがいいのではないか」

「なんと説明する？」

ウォリックは準備の整った愛馬に跨《また》がった。「ロンドンで火遊びしていたうちの一人だ、と？　アリエノールは納得すまい。時間をかけて、俺の心がいまだれの上にあるか、証《あか》すしかないさ。それに、キャスリーンはハロルドに入れ知恵されて、あの嫌がらせを思いついたのかもしれん。ハロルドの政治的野心に、アリエノールを巻きこみたくない」

日が暮れて、雨脚は再び強まってきていた。城下の村から、くすぶる黒い煙があがりはじめている。

「まず為《な》すべきは、野盗討伐だ。行くぞ！」

ウォリックとシャンドスは馬を並べ、全身に激しい雨を受けて一息に坂を駆け下りた。

野盗たちは整然と隊列を組み、村の家々に火をかけている。城の兵を率いたウォリックとシャンドスは、民たちを安全な場所に誘導しながら、敵を討っていった。

「こいつら……ただの野盗じゃないな」

また一人、馬から叩《たた》き落としながらウォリックが言う。雨で視界が悪く、蹄《ひづめ》を泥に取られる。

「ああ。組織的に訓練されている……」

シャンドスの息も、さすがに少し上がっていた。「ハロルドの手の者かもしれない。気をつけろ、ウォリック」

斜面を波のように上ってくる野盗たちを、素人同然の城の兵を指揮して必死に食い止める。

「前に出すぎるな！　傾斜の上のほうに陣取ったほうが有利なんだ。敵の誘いに乗って深追いせず、村への侵入を阻むことだけ考えろ！」

ウォリックの指示が、豪雨をついて響きわたった。兵たちはその冷静さに我を取り戻し、ここ何日かで叩きこまれた陣形を維持する。

丘の中腹で、じりじりと攻防戦が繰り広げられた。その隙に城下の民たちは、城へ向かって避難を開始した。

野盗は三十人ほどだろうか。何度か一点突破を試みて、防衛線の手薄な部分に攻撃をかけてくる。

「陣を乱すな！」

そのたびにウォリックは兵を励まし、戦闘箇所に馬を走らせて、シャンドスとともに剣を振るった。兵たちもよくもちこたえているが、技量の浅さと実戦経験の少なさは、いかんともしがたい。乱戦の最中でも、ウォリックとシャンドスは的確に状況を見て取った。

「やはり、装備が野盗のものじゃない」

シャンドスは、振り下ろされた戦斧《せんぷ》をすんでのところで盾でかわし、がら空きになった相手の脇腹に剣を貫き通した。

「ああ」

ウォリックも一人の右耳を切り飛ばし、もう一人の眉間《みけん》に至近距離からクロスボウを撃ちこみながら応じる。「ハロルドのクソ野郎んとこの兵だろう。なにを考えてちょっかい出してくるんだ、あいつは」

ウォリックの持つオリハルコンの剣。目的はそれだろう、とシャンドスは考えた。

戦場にあるときは、その剣は敵の畏怖《いふ》の対象となる「伝説」だった。だが、いまや剣の所有者であるウォリックは、豊かなノーザンプルの領主なのだ。手の届かなかった猛々《たけだけ》しい聖剣が、平和と豊穣《ほうじょう》の象徴として収まろうとしている。味方であったはずの者が、ウォリックの剣と領地に欲を出してくるのも、ありえないことではなかった。

青白く輝く剣の軌跡を目の端に捉《とら》えながら、シャンドスは悔恨の念を覚えた。あの剣をウォリックに譲ったのは、はたして正しかったのだろうか。剣は二人の友情の証《あかし》だった。しかし、出世して安息の地を手にしたウォリックが、その剣のために命を狙われることになるとまでは、シャンドスは見通すことができなかったのだ。

子どもの泣き声が薄闇を裂いた。振り返ると、防衛戦を突破した数騎の敵が、村内の道を疾駆していた。その先には、転んで逃げ遅れたのだろうか。泥まみれの男の子が倒れている。

「…………！」

ウォリックが馬の首をそちらに巡らせ、鐙《あぶみ》でローディーヌの腹を蹴《け》った。馬体から雨の飛沫《しぶき》と湯気を上らせていたローディーヌは、主《あるじ》の命令どおり、混乱の嵐が吹きすさぶ夜の中を、稲妻のように子どもに向かって走った。

「ウォリック！」

シャンドスも後を追おうとしたが、攻め寄る野盗たちに手こずる。不慣れな兵たちを助けながら、少しずつウォリックのほうに移動するしか術《すべ》がなかった。

子どもと、数騎の野盗たちとのあいだにローディーヌごとつっこんでいったウォリックは、オリハルコンの剣で一番手前にいた者の胸元を薙《な》いだ。

「立て！」

残る二騎を同時に相手にしながら、倒れて泣いている子どもに声をかける。「早く！　立って逃げるんだ！」

子どもは泥の中から立ちあがろうとしたが、すぐに膝《ひざ》をついてしまう。足をくじいているのか。ウォリックがそう思ったのと、胸を切られて落馬した野盗が矢を射かけてくるのが、ほとんど同時だった。

「い……っ」

右胸に焼けつくような重い痛みが走り、ウォリックは呻《うめ》いた。「ってえだろうが、この野郎！」

鞍にかけてあった槍《やり》を左手で取り、地面に這《は》いつくばって弓を構える敵を、渾身《こんしん》の力をこめて刺す。その槍を抜くことは、もうできなかった。

ウォリックは槍にすがるようにして馬から下り、襲いかかってくる敵を剣で追い散らしながら、子どもに駆け寄った。

「しっかりしろ！　死にたくないだろ」

引きずるようにして子どもを運び、口笛でローディーヌを呼ぶ。急に乗り手がいなくなって戸惑っていた愛馬は、すぐに嬉《うれ》しそうに走ってきた。至近距離に迫りつつあった敵のうち、一人の首に横合いから矢が刺さる。シャンドスの放った矢だ。掩護《えんご》してくれている。そう確認したウォリックは、力を振り絞って子どもを抱え上げ、ローディーヌの鞍に無理やりまたがらせた。なんとか時間を稼ぎ、この子を逃がさなければならない。喉《のど》になまぬるい血の味がこみあげる。残る一騎に後ろから切りつけられたが、彼は倒れなかった。

「ちゃんとつかまってろよ。落ちるな……！」

ウォリックは血と雨に濡《ぬ》れた掌《てのひら》で馬の尻《しり》を叩き、子どもを乗せて城のほうに走り去っていくローディーヌを見送る。そしてすぐに振り返り、敵の刃《やいば》をオリハルコンの剣で受け止めた。腰のあたりまで、自分の血で湿っているのがわかった。馬上からの剣を止めるほどの踏ん張りがきかない。

ああ、死ぬのかな、とウォリックは思った。自分の命を奪おうと剣をかざす敵の顔が、なぜだか夜目にもはっきり見えた。ぎらついて、引きつったその表情。俺もこんな顔をして、多くの命を奪ってきたのだ。

「ウォリック！」

シャンドスがパーシヴァルごと敵に体当たりするのを、ウォリックは地面に横たわったまま見ていた。落馬した敵の肋骨《ろっこつ》は、パーシヴァルの蹄で粉砕された。シャンドスが馬から下りて駆け寄ってくる。いつも沈着冷静なシャンドスが、こんなに慌てるさまを見るのははじめてだ。ウォリックは笑おうとして咳《せき》こみ、あふれた血が顎《あご》を汚すのを感じた。

「ウォリック……」

シャンドスがかたわらに跪《ひざまず》いた。死ぬな、とは彼は言わなかった。もう手遅れなのがわかったのだろう。額に、シャンドスのあたたかい手がそっと載せられた。

「アリエノールを……助けてやってくれ。この豊かな地を、ハロルドから、守るために……」

ウォリックは苦しい息で言葉を紡いだ。シャンドスは「剣に誓って」と答え、唇を嚙《か》みしめた。そうしなければ、無様な泣き言が迸《ほとばし》りそうだったからだ。ウォリックはまだ手に握ったままだったオリハルコンの剣を、シャンドスに渡した。

「これはおまえに返そう、シャンドス……」

友と戦場を駆けめぐった日々、そして、ノーザンプルでの短い安息の日々が、脳裏によぎった。「楽しかったな……」

一緒に領地を視察したときの、アリエノールの笑顔が浮かび、ウォリックは静かに微笑んだ。それを最期に、ウォリックの意識は永遠の闇の中に溶けて消えた。

打ち払われた野盗たちの退却していく音がする。雨脚が一層強くなり、シャンドスは濡れそぼったまま、ウォリックの亡骸《なきがら》のそばで悄然《しょうぜん》と頭《こうべ》を垂れていた。

ははは、やっちまった。ついにウォリックを殺してしまった。遠慮会釈なく殺したのだ、私が勝手に。

「殺しちゃったんだよおぉ！」

と、叫んでもしかたがない。だってもう書いてしまった。おお、どうしよう。どうしてこんなことになっちゃったんだろう。原書ではウォリックとアリエノールはハッピーエンドだというのに、途中でヒーローを殺してどうしようっつうのだ、私は。これはもう翻訳じゃない。完全に私の創作物になっている。

ぐるぐると部屋の中を歩き回った。

いや、どうしようもこうしようもない。創作した部分を削除して、いますぐきちんと翻訳しなおすのだ。それしか道はないじゃないか。

絵皿をきっかけにアリエノールと仲違《なかたが》いしたウォリックは、苦戦のすえに二度目の野盗の襲撃を切り抜ける。そして城に戻ってアリエノールの誤解を解く。彼らは一致団結して、ハロルドの陰謀に立ち向かう。それが正しい大団円への道筋というものだ。だけど私はいやだったのよ。なにかと言っちゃあ、「女神、愛しいひと、胸は甘く震え、あなたがいなきゃ生きていけない」と仰々しい形容のつく物語が。まさしく犬も喰《く》わないような些細《ささい》なことで喧嘩《けんか》して、すぐに仲直りして、すべてがめでたくあるべきところに収まって。そんな筋書きでは、私の今のささくれだった心は納得しそうもなかったんだもん。神名《かんな》め。神名め！　神名のせいよ。あんたなんかどこへでもふらふら出かけていって、私の知らないところで野垂れ死にすればいい！

と頭に血が上っていたら、ヒーローであるウォリックをさっくり殺してしまったわけだ。うーむ、むちゃくちゃ私情にとらわれている。こんなときに翻訳に臨むと、本当にろくなことにならない。

とりあえず、昨夜、神名に邪魔されて果たせなかった佐藤さんへのメールの返信をしておこう。正直にいまの翻訳状況を伝えたら、彼は卒中を起こしかねない。なんといっても、翻訳じゃなくて全然べつの物語になりつつあるんだから。これから落ち着いて原書どおりに訳し直せばいいのだし、ここはマイルドに、当たり障りのない返信を心がけねば。

佐藤隆文様

いつもお世話になっております。

進行状況は……順調とは言えませんが、なんとか期日内にお渡しできるように、鋭意翻訳中です。ただ、このお話、「正統派中世騎士ロマンス」とはちょっと違うみたいですョ。だって突然、「オリハルコンの剣」などというものが登場するんですもの。でも、楽しく訳しています。佐藤さんのご期待に添えるような、素敵な仕上がりを目指して！

それでは、また進み具合をお知らせするようにいたします。

ありがとうございました。

遠山あかり

はい、送信。ピロリロリーン、と。「順調とは言えませんが」「鋭意翻訳中」などと、我ながらよくも言ったり、と感心する。まあ個人事業者たるもの、虚勢を張ることも時として必要だ。

佐藤さんは長年ロマンス小説の編集者をやってるだけあって、けっこう心は乙女な部分もあるから、私もロマンス小説翻訳者としての、きらきらしいイメージを崩さぬように気をつかう。語尾に「ョ」なんてつけちゃったりして。本当はクーラーもない蒸し暑い部屋で、あぐらをかき、首にタオルを巻いてパソコンに向かっているというのに。

神名がこのメールのやりとりを読んだら、きっと大笑いすることだろう。神名は以前から、「え、あかりの担当さんって男なの！　ロマンス小説を山ほど読むのは、男にとってはかなりつらい仕事だろうなあ」とにやにやしていたのだ。ふん、佐藤さんの熱き編集者魂が、神名になんかわかるもんか。

そうよ、神名にはわかりゃしないのよ。私がどうしてこんなに怒ってるのか、も。これっぽっちも、永遠に理解できないに違いない。

つくづく思うが、今日は最悪の日だった。こんな日にロマンス小説を翻訳したら、だれだって物語半ばでヒーローを殺してしまうことだろう。

昨日、まさみちゃんの意図のわからない急襲も受けたし、仕事もあんまり進んでいなかったし、私は本当は今日、引っ越しの手伝いになんか行きたくなかった。だけど神名が、朝の七時に誘いに来たのだ。頭にタオルを巻いて、適度に使いこなした軍手をはめた、やる気まんまんの姿で。

まだ寝ていたところを路地からの大声で叩《たた》き起こされ、化粧をする間もなく引きずられていかれたまさみちゃんのアパートは、モルタルの外壁の二階建てだった。新しそうだし、駅から近いわりには静かな場所なのに、どうして引っ越すことにしたのかな、と思った。

神名のノックに応《こた》えてドアを開けたまさみちゃんは、

「来てくれたんだ、あかりちゃん。助かったぁ」

と言った。私は彼女の背後の室内を見て、めまいを覚えた。まだほとんど、荷造りできていなかったからだ。神名はいったい、これまで何を手伝っていたんだろう。

大迫さんは、九時には車に乗って手伝いに来るという。それまでに、新居に荷物を運べるように用意しとかなくちゃ。私もさっそく、まさみちゃんから軍手を借りて、作業に取りかかった。

しかしまあ、一人暮らしの女の子の部屋の汚さには、壮絶なものがある。使いかけのマニキュアの瓶やら、買い置きの紙皿のパックやら、ダンベルぐらいに重いファッション雑誌やらが、無秩序にそこらじゅうに散乱しているのだ。

神名はそのいちいちに、「これはどうすんの？　捨てる？」と確認を取る。まさみちゃんは、「うん。あ、でも待って。また使うかもしれないし……」と、ちっともはっきりしない返事をするばかりだ。これじゃあ、引っ越し準備が終わるわけがない。

「ちょっと、集合！」

しびれを切らして号令をかけた。「こんなことじゃ、三年後にも引っ越しできていないままだよ。どんどん箱に詰めなきゃ」

要不要を吟味するのはやめにして、八百屋からもらってきたという段ボールに、次々に物をつっこんでいくことにした。まさみちゃんは水回りの品を。神名は洋服や靴を。私は床の上と鏡台に散らばった小物を。

雑誌は捨ててしまおうと、まさみちゃんの了承を得ずにまとめて縛った。神名が収納の中の冬用布団をぐいぐい畳んでくる。とにかく埃《ほこり》がすごい。窓を開けないとならないから、クーラーはかけられない。私たちは汗でどろどろになりながら、必死に箱の中をいっぱいにし、アパートの外の廊下に積みあげていった。

それにしても気になるのが、部屋のそこここに置かれた巨大なぬいぐるみたちだ。神名がちらっと言っていたのは、このことだったらしい。どれも大人の胸ぐらいまである大きさで、パイプベッドの上にクマが一匹、冷蔵庫の横にウサギが一匹、キッチンと居住部分とを隔てる薄い壁の前にまたまたクマが一匹。なにかのおまじないだろうか。

神名が掘り返している収納の奥から、ごろんごろんとワニとゴリラが出てきたところで、私はついにまさみちゃんに聞いた。

「ねえ、このぬいぐるみはなに？」

「かわいいでしょ？」

まさみちゃんは冷蔵庫のコンセントを引き抜きながら言った。「どれも、つきあってた人がくれたんだよ。そのウサギは、あっくん。カンちゃんが持ってるワニは、篠崎《しのざき》さん。そのゴリラは……うーん、だれだっただろ。忘れちゃった」

神名がぼとりと、ぬいぐるみを落とした。

「悪趣味だなあ。ぬいぐるみに昔の男の名前をつけてんのか」

私も同感だ。

「気持ち悪くない？」

ベッドの上から部屋を睥睨《へいげい》しているクマが、なんだかすごく邪悪なものに思える。「捨てちゃいなよ」

「やだあ！」

と、まさみちゃんは言った。「物には罪はないんだから。ぬいぐるみを捨てたりしたら、そのほうが呪われそうで怖いもん」

「このクマだけ残しゃあいいでしょ」

神名はベッドの上のクマを抱え上げ、床に下ろした。「一緒に寝てるってことは、これが今つきあってる男からもらったものなんだろ?」

「ううん。それはこのあいだまでの彼氏のリョウタくん。『別れないでくれ』って泣きながらそれをくれたから、もらっといた。そんで、別れた」

「もらうなよ！」

神名と私は同時に声を上げた。まさみちゃんの考えることとってわからない。

「盗聴器とか仕掛けられてたらどうすんの」

と、神名はクマの黒い鼻を気味悪そうに指で押した。

その後、時間通りにやってきた大迫さんも説得に加わったけれど、まさみちゃんは頑として ぬいぐるみを連れていくと言い張った。しかたがないから、大迫さんの白いバンの助手席にクマのリョウタを座らせ、残りは段ボールと一緒に後部の荷台に押しこんだ。まさみちゃんは、段ボールが崩れないように荷台で押さえる係だ。

「クマが一番、楽してるな」

「うん」

神名は本棚として使われているカラーボックスを、私はまさみちゃんがベランダで育てているネギの生えたプランターを、それぞれ運んで歩く。昼が近くなって、脳天に日差しが照りつける。私たちは途中の駐車場で荷物を地面に置き、ブロック塀の陰で休憩した。

「まだ遠いの？」

「歩いて十分ちょっとって言ってたから、もうこのあたりのはずだけど」

神名はあたりを見回し、「あれだ、たぶん」と白いタイル張りのマンションを指した。駅からは少し遠くなるが、モルタルアパートよりもずいぶん住み心地がよさそうだ。

私たちは再び歩き出した。横のコンビニエンスストアから、若い男がふらりと出てきて、私たちと同じ方向を目指す。暑い最中に歩いているのは、私たちとその男だけだった。

こっちは荷物を抱えてゆっくりと歩いているのに、後ろの男は追い抜こうとする気配もない。気になって振り返ると、男はうつむきかげんに、うだるような日差しの中をのろのろと歩いていた。

「ねえ、後ろから来る人、さっきまさみちゃんのアパートの前を歩いてなかった？」

確信はないが、大迫さんのバンに段ボールを積んでいるときに、通りかかったはずだ。

襟足ののびた髪の毛と、黒いTシャツが暑そうだな、と思った覚えがあった。

「そうか？」

神名はちらっとその男を見やり、首をかしげる。

「まさか、私たちをつけてるんじゃないよね」

「ないない。もし同一人物だったとしても、コンビニに寄ってたみたいだから、偶然またかち合っただけだよ。どうしたの、あかり。あのロマンス小説、実はスパイ物だったのか？」

「ううん、ハロルド君がロンドンで、恋の横槍《よこやり》を入れるべく陰謀を巡らせてるところ。神名がさっき盗聴器なんて言うからさ……」

そんな会話をかわすうちにも、まさみちゃんの新居についた。六階建てのマンションだ。入り口に大迫さんのバンが停まっていた。荷物はまだ、ほとんど下ろされていない。部屋は二階らしい。カラーボックスとプランターを抱えて階段を上る。外廊下からあたりを見回すが、黒いTシャツの男も、その他の不審な人物も見あたらなかった。考えすぎだったみたいだ。

神名とまさみちゃんのことにしても、ただの通行人を尾行者じゃないかと勘ぐったことにしても、なんだか近ごろ、私は不穏な芽をあえて探しているんじゃないかと思えてならない。花々が咲き乱れる花壇に、一本たりとも雑草を見逃すまいとする園芸家みたいに。

あれもこれも、と気になって芽を引き抜くうちに、花壇が不毛な石ころばかりになってしまわないよう、気をつけなきゃいけない。

だから私は、まさみちゃんが「はい、カンちゃん」と、神名の好きな銘柄のお茶の缶を自動販売機で買ってきても、なにも言わなかった。きっと単なる偶然だ。まさみちゃんは私には、甘い紅茶の缶を買ってきた。紙の弁当箱に入った大迫さんお手製のおにぎりを、段ボールに囲まれた床に座ってみんなで食べた。おにぎりと冷たいミルクティーは合わない。でも深く考えるのはやめておいた。まさみちゃんは、おにぎりを半分だけしか食べなかった。

昼食後にバンでもう一度アパートに乗りつけ、細々した荷をすべて運び出し、最後に掃除を済ませた。マンションの新しい部屋で、今度は荷ほどきをはじめる。

まさみちゃんは部屋の整頓《せいとん》にそれほど重きを置かない、ともうわかっていたから、気が楽だった。適当に箱を開けて、適当に物を棚に並べていけばいいのだ。神名はパイプベッドを組み立て、大迫さんは食器をしまった。まさみちゃんは収納に服をかけ、私はその下に這《は》いつくばって、冬用の布団と名前も忘れ去られたぬいぐるみとをなんとか押しこんだ。

五時ごろに、とうとうすべての段ボール箱が空になった。床のあちこちに散乱した、丸まったガムテープを拾い集めてゴミ袋に入れる。真っ黒になった軍手を脱いだまさみちゃんが、私が想像もしなかった爆弾を落としたのはそのときだった。

「終わったぁ」

彼女は腰に手を当てて背中をそらした。「ああ、大変だった。カンちゃんも今からちゃんと部屋を片づけとかないと、こんな目に遭っちゃうよ」

「なに、それ」

私はゴミ袋から顔を上げて神名を見た。「神名、引っ越すの？」

神名は、クマのリョウタの片手を無意味に上下させながら、「ああ、いや」と口ごもる。雲行きを察したのか、大迫さんがなにがしかの取りなしの言葉をかけようとキッチンから一歩踏みだしてきたとき、まさみちゃんが脳天気な声を上げた。

「あれ、あかりちゃん聞いてないの？　カンちゃん、ネパールに行くんだって」

「なに、それ」

と私はまた言った。

「ああ、いや」

と神名もまた言った。「ネパールだけじゃなくて、まあ、いろいろ」

「旅行？　どれぐらい行く予定なの」

「さあ……二年ぐらいかな」

二年って、それは「旅行」じゃないだろ。私はなにも聞いていない。まさみちゃんも大迫さんも知っていたらしいことを、また私だけが聞かされていなかった。どうしてだ。これはもしかして、失敗に終わったドッキリなのか。神名は、家具のなくなった神名の部屋で呆然《ぼうぜん》と立ちつくすある日の私を、隠しカメラを設置して録画しておく計画でも立てていたのか。

このところ、私の中でずっととぐろを巻いていた疑念や困惑や怒りやその他もろもろの感情が、細い糸のように一気に縒《よ》りあわさっていく。鈍い銀色に光る感情の集合体は、蜘《く》蛛《も》の糸のごとく、音も立てずにふつりと切れた。

「もういい」

あんなに低い声が出るとは、我ながら驚きだった。「ネパールでもチベットでもどこでも、勝手に行っちゃえばいい」

脇をすり抜けようとして、大迫さんの足を思い切り踏んづけてしまったけれど、私は振り返らなかった。神名は慌てて段ボールをかきわけて近づいてきて、玄関で靴を履いている私の腕をやんわりとつかんだ。

「ちょっと待って。聞いてくれよ」

と彼は言った。どんな弁解にも釈明にも、耳を貸したい気分じゃなかった。だが、元・野球少年の神名が本気で走ってきたら、すぐに追いつかれてしまうだろう。私は妙に冷静だった。いったんは彼に従うふりをして、腕をつかむ力が緩んだ瞬間に、玄関先にあった靴をすべて外廊下から下に放り投げてやった。

「うわっ、なにすんの、あかり！」

神名が裸足《はだし》のまま外廊下に飛び出し、地面を覗《のぞ》いている隙に、かまわず走って階段を下りた。神名が私を呼ぶ声が聞こえたが、ますます速度を上げて道路を走る。焼けたアスファルトの上を裸足で追いかけるのは、いかな神名といえども難しかったようだ。私はいくつもの路地を走り抜け、神明神社の境内をつっきって自分の家に帰り着き、玄関の引き戸に鍵をかけた。

「なんだい、閉めたら暑いじゃねえか」

台所に立ち、片手で米をといでいた父が、汗と埃にまみれて駆けこんだ私を見て言った。

「それ、無洗米」

と告げて、流しに歩み寄る。父は私のただならぬ迫力に気圧《けお》されたのか、黙ってその場を譲った。私は父から奪った釜《かま》の底を布巾《ふきん》で拭《ぬぐ》い、炊飯器にセットした。

「あかり！」

ようやく追いついたらしい神名が、引き戸を叩いたが無視する。父が「うるさいぞ！」と一喝すると、神名は路地に面した居間の窓のほうに移動した。

「すいません、お父さん。ちょっと窓から失礼します」

「だれがお父さんだ！　おいこら、そんなとこから入ってくるな！」

父と神名が、窓越しに攻防を繰り広げる。

「帰って」

と私は言い、ぴしゃりと居間の窓ガラスを閉め、鍵をかけた。

「閉めたら暑い……」

父が抗議しかけたけれど、一瞥《いちべつ》で黙らせた。私は流しに戻り、石鹸《せっけん》で髪と顔を洗い、濡《ぬ》らしたタオルで首筋や腕を拭《ふ》いた。

「喧嘩《けんか》か」

父が居間から台所に顔を出す。居間の窓の外では、神名がまだ私を呼んでいる。

「あかりー。出てきてくれよ、あかりー」

「入れちゃだめだからね」

釘《くぎ》をさすと、「入れてやるかよ」と父は言った。居間の卓袱《ちゃぶ》台《だい》に茶碗《ちゃわん》を並べているあいだも、神名はあわれっぽい声を出して外にいた。根負けして、窓を開ける。

「あかり！」

すごく嬉《うれ》しそうに、神名は窓枠に手を置いた。腹までの高さの窓を挟んで、私たちは向かいあう。自分の負けを内心で認めながら、私はしぶしぶと質問した。

「二年もネパールでなにすんの。まさか、青年海外協力隊？」

「俺にそんな高い志があるわけないだろ。それに、ネパールだけじゃないんだって。特に目的もなく、ふらふらとだなあ……」

なんていいかげんなんだ。どこに話しあったり歩み寄ったりする余地があるのか、皆目わからなくて絶望的な気分になる。神名の言葉に再び怒りを刺激され、私は激昂《げっこう》した。

「やっぱり帰って！」

「でも」

「いいから帰って！」

卓袱台に載っていた自分の茶碗を、思い切り外に投げつけた。茶碗は神名の頬をかすめ、向かいの家の茶色い木の壁に当たって、見事まっぷたつに割れた。私は一日のうちに、靴を三足と茶碗を一個投げるという醜態をさらしたのだ。自分が情けなくなって、急いで窓を閉めた。

自室に上がって着替えると、私は猛然と翻訳の続きに取り組んだ。そしてうっかりウォリックを殺してしまい、いまに至る。

やっぱり今日は最悪の日。得たものといえば、腰痛と筋肉痛だけ。神名がなにを考えているのか、まったくわからなくなってしまったし、ロマンス小説はとんでもない方向に展開しはじめちゃうし、風呂《ふろ》で疲れを取りたいというのに、神名が外に張り込んでいるものだから、銭湯にも行けない。さっき物干しからそっと路地を見たら、神名は裸足のまま、電柱にもたれるようにしてしゃがんでいた。近所の人に通報されなきゃいいけれど。

部屋の窓ガラスに、コツン、コツンと何かが当たり、夕立の最初の一、二粒のような音を立てる。神名が小石を投げて合図を寄越しているのだ。

つきあいはじめたばかりのころ、会社で顔を合わせた日でも、神名はよくこうやって私を呼びにきた。コートを着て、父を起こさないように階段をそっと下り、私は神名と手をつないでゆっくり歩いた。ほとんどの人が寝静まった夜の町を、二人で散歩する。コンビニエンスストアで温かい飲み物を買ってから、神社の境内にある箱ブランコに乗る。

共に過ごした時間の長さと、互いへの理解の深まりとが、必ずしも比例しないのはなぜだろう。夜の散歩をしていたころの私は、もっと神名を知ることができた。彼の感じていること、考えていることが、冬の星みたいに澄んだ光を放って私の心に届いた。

また窓ガラスを小石が叩く。でも私は応じない。応じずに、しゃがんで小石を探す神名の姿を想像してみる。裸足の指先、丸っこい爪の形まではっきりと思い浮かぶ。神名はしゃがんだままの体勢から、軽く腕を振って小石を投げる。蛍光灯の明かりが白々と漏れる、私の窓に向かって。

五章

大広間のテーブルに横たえられたウォリックの亡骸《なきがら》を前に、アリエノールは呆然《ぼうぜん》と立ちすくんでいた。

ずぶ濡れになったシャンドスが、ウォリックの遺骸《いがい》を抱きかかえて、ここに運び入れた。激しい戦闘をくぐり抜け、疲労の色を隠せない兵士たちが、テーブルを遠巻きに囲んでいる。マリエとフィリップは言葉もなく、蒼白《そうはく》になったアリエノールの後ろに控えた。女主《おんなあるじ》が、いまにも気を失いそうに見えたからだ。

「どうして……」

アリエノールは、ウォリックの濡れた金色の髪をそっと梳《す》き、それから冷たい頬を掌《てのひら》で撫《な》でた。「ウォリック？」

彼が目を開けることはなかった。

「ウォリックは最期まで、あなたのことを」

隣に立っていたシャンドスが、静かな声で言った。

「わたしを見て」

アリエノールはなにも耳に入らぬ風で、ウォリックに囁《ささや》きかける。「わたし、あなたにまだ言っていないことがあるの。お願い……目を開けて」

跪《ひざまず》き、縋《すが》るようにウォリックの手を取った。しかし、彼はもう握り返してくれない。

アリエノールが丹誠こめて栽培した薬草も、もはやウォリックには意味のないものになっていた。

「姫……奥さま」

目を真っ赤にしたマリエが、見かねてアリエノールの肩を抱いた。フィリップは鼻をすすりながら、シャンドスに申し出た。

「ウォリックさまを、城内の礼拝堂にお移しいたしましょう。司祭さまもすぐ、呼びにやらねばなりますまい」

「そうだな……」

シャンドスはうなずく。乱戦中のこととて、終油の秘蹟《ひせき》ももちろん授けられていない。司祭による弔いを、はたしてウォリックが必要としているかどうか、わからなかったが。これまでの言動から、彼が神を信じてはいなかっただろうことは明らかだった。だが、最期の瞬間に彼が、神の御許《みもと》へ召されることを祈らなかった、と断言することもできない。

ウォリックの感じたこと、考えたことを、もうだれも、永遠に知ることはかなわない。これが死なのだ。シャンドスの無念も後悔も決して届かぬところに、彼は旅立ってしまったのだ。

シャンドスは、自分がまだ息をしていることが不思議でならなかった。ずっと生死をともにし、一緒に戦ってきた友人は死んだというのに……！　シャンドスはアリエノールを見た。結婚二週間たらずで夫を失った彼女は、泣くこともできずに、大広間の冷たい石の床に膝《ひざ》をついている。

アリエノールを助けてやってくれ。

ウォリックの言葉がよみがえる。ただ一人、剣を捧《ささ》げてもいいと思った男から、シャンドスに託された最期の願い。残酷な願いだ、と彼は思った。アリエノールが必要としているのは、ウォリックの優しい手だけなのだから。

翌日の夕方、代々の領主夫妻が眠る墓地に、ウォリックは埋葬された。城を臨むことのできる、小高い丘の上だ。城の者も、領民たちも集まり、彼の死後の安息のために祈りを捧げた。シャンドスは無言のまま葬列に加わっていたが、死後の安息などというものを信じてはいなかった。死んだらすべて終わる。ウォリックの安息は、この土地で呼吸をしている時間にあったのだ。

参列者の中には、ロンドンからの使者もいた。キャスリーンの絵皿を持ってきた男だ。シャンドスは油断なく、彼の動向に目を配っていた。ロイという名のその男は、いまもアリエノールにしおらしく慰めの言葉をかけている。シャンドスは必死に憤りを抑えた。拳《こぶし》を握りしめる。ロイがこの時機に城に遣わされてきたことの背後に、ハロルドの意志が働いているのは間違いなかった。

葬儀のあいだ、アリエノールは感情のないからくり人形のように、人々に言われるがままに動き、話し、必要なことを指示した。涙はなかった。悲しみも。彼女の心は、なにかを感じることができなくなっていた。ただ、体のどこかに空虚な穴がぽっかりと空いていて、そこから混乱と恐怖が絶えず吹きあげてくる。

わたしはどうしてしまったのかしら。泣きもせず、夫が冷たい土の中に埋められていくのを眺めているなんて……。

彼女は気づいていなかった。突然襲いかかった衝撃と悲嘆の激しさに、心と体が麻《ま》痺《ひ》してしまったのだ、ということに。

まだ雨は降り続いていた。

城は沈鬱《ちんうつ》な空気に包まれ、夜半の礼拝堂に一人たたずむアリエノールに、話しかけてくる者はいなかった。少数の例外をのぞいては。

「お悔やみ申し上げます、奥方さま」

絵皿を持ってきた使者のロイだ。彼は周囲に人気《ひとけ》がないのを確認してから、アリエノールのそばに近づいてきた。

「まさかご結婚早々にこのようなことになるとは、ウォリック殿のご無念はいかばかりかと……」

彼はわざとらしく声を詰まらせる。アリエノールは黙っていた。

「お嘆きになるご婦人方が大勢いらっしゃることを思えば、この知らせを急ぎロンドンにもたらさねばならない自分の使命が、ますます恨めしく感じられますする」

この人はなにを言いたいのだろう。アリエノールは初めて、ロイにまともに視線を向けた。あの絵皿のせいで、わたしはウォリックと気まずいまま別れることになったというのに。

ロイは、灰色の目と髪をした小柄な男だった。年齢を判別しがたい、目尻《めじり》に皺《しわ》を刻んだ顔に、おもねるような笑みを浮かべている。

「陛下からも、ウォリック殿急逝の事情について、ご下問がありましょう。なんとお答えしたらよろしいものでしょうな、奥方さま。……いえ、アリエノールさま」

「なんと、とは？」

ロイが自分を名で呼んだことに、アリエノールは背筋を震わせた。「どういう意味でしょう？」

「大変申し上げにくいことではありまするが、このご結婚は、ノーザンプルの安定と、お世継ぎの誕生を目的としたものだったはず。アリエノールさまはご夫君を亡くされ、またお一人になってしまわれた。ご結婚から日が浅く、お世継ぎのほうもたぶんこれでは……」

「やめてちょうだい！」

アリエノールの言葉は、ほとんど悲鳴のようだった。

「差し出たことを、失礼しました」

ロイは謝罪してみせたが、容易には引き下がろうとしなかった。「ただ、わたしが仕えております一族の長、パーシー卿《きょう》が、アリエノールさまのことを以前から気遣われていたことを思い出しまして。お名前ぐらいはお耳に入っているかと存じますが、卿も奥方さまを亡くされたばかりで、心細くお暮らしです」

この男は、わたしに再婚話を持ちかけようとしているのだ。夫を埋葬した夜だというのに！　アリエノールは心底ぞっとした。ウォリックが死んでしまったからには、このようなお仕着せの結婚話が、またほうぼうからもたらされるだろう。自分の立場のあやうさが腹立たしい。なにより、涙を見せなかったことで、ウォリックとのあいだに築きつつあった感情まで否定されてしまったことが、情けなくてたまらなかった。

「下がりなさい。いまはそんなこと、考えられません。考えたくもない……」

ロイは一礼し、今度こそ礼拝堂から出ていった。アリエノールはその足音を、身を強張《こわば》らせたまま聞いていた。石の廊下を歩み去っていく気配が完全に消え、ようやく彼女は息をつく。

そのとき突然、「お気をつけなさい」と声をかけられた。びっくりして振り返ると、だれもいなくなったと思った礼拝堂の、一番後ろの長椅子に、シャンドスが影のようにひっそりと座っていた。ロイと話していたときには、たしかに他に人影はなかったのに。シャンドスがいつ礼拝堂に入ってきたのか、アリエノールにはまったく感じ取れなかった。

「パーシー卿は、ノーザンプルを自分のものにしたくてたまらないのですよ。あの使者も、ウォリックの死で動揺するこの城の状況を報告するために、卿から遣わされた手先でしょう」

「どういうことです」

アリエノールはシャンドスに問いかけた。「わたしには理解できないことばかり。ウォリックが野盗に殺された途端、会ったこともないパーシー卿の名をわたしに告げる人がいる。わたしだけが起こった出来事を把握できないまま、流されていくみたい！　知っていることを教えてください。夫を亡くして泣き暮らし、気が済んだら再婚すればいい、と思っていらっしゃるなら別ですが」

シャンドスは、アリエノールに座るよう手で勧めた。二人は並んで長椅子に腰かける。視線はどちらも、祭壇の十字架のほうに向けたままだった。

「ウォリックを殺したのは、野盗ではありません。訓練された兵でした。ハロルド・パーシーの手の者です」

アリエノールは息を飲み、膝《ひざ》の上で両手を固く握りあわせた。シャンドスは腰にさしていた剣を、ベルトから外した。

「これは、『オリハルコンの剣』と言われる聖剣です。我が一族に伝わるものでしたが、わたしがウォリックに捧《ささ》げたのです。死の間際、彼はこれを再びわたしに託しました」

シャンドスが鞘《さや》を払うと、剣は青白く輝いた。「剣に選ばれぬ者が抜いても、光を発しません。この剣を持つ者には、豊穣《ほうじょう》と安定がもたらされる、と伝説は謳《うた》っています」

「そしてそれは、本当にただの『伝説』にすぎなかったというわけですね」

アリエノールは珍しく皮肉を口にした。

「そう。剣は剣。単なる物です。しかし、パーシー卿はそう思っていない。彼は、こう考えたのでしょう。ウォリックを殺せば、身分や家柄からいって、妻を亡くしたばかりの自分があなたと結婚することになる。そうすれば、ウォリックが遺《のこ》した伝説の聖剣も、ノーザンプルも、両方手に入れることができる、と。考えるだけでなく、こちらの予想以上に迅速に実行に移したというわけです」

「あの絵皿の贈り主は？」

「絵皿に焼きつけてあった女性は、パーシー卿の従妹《いとこ》のキャスリーン嬢です。卿が彼女を言いくるめてあれを贈らせたのか、すべて卿の一存で彼女はなにも知らぬのか、それは定かではありません」

「たしかなのは、ウォリックがロンドンでキャスリーン嬢と親しかった、ということだけ？」

シャンドスはわずかに言いよどんだ。

「そうです。しかし……」

「お話はわかりました」

アリエノールは立ちあがった。「もとより、わたしにはパーシー卿と結婚する意志はありませんし、もし本当にウォリックを殺したのが彼なのならば、許してはおけないとも思います。どうすればいいのか、考えてみますわ」

「ハロルドは宮廷で力を持つ大貴族です。証拠もなしに罪を告発できるものではない」

シャンドスも立ちあがる。「アリエノール、ウォリックはノーザンプルの平和を願っていました。この地で、あなたが穏やかに暮らしていくことを。どうか、そのことを忘れないでください」

アリエノールは無言のまま去っていき、礼拝堂にはシャンドスだけが残された。

「まあ、なんということでしょう！　ウォリックさまの死が、そんな恐ろしい陰謀のせいだったなんて」

マリエは繕い物の手を止めて、向かいに座る女主に言った。「姫さま、どうなさるおつもりです？　このままでは、仇《かたき》であるハロルドと結婚しなきゃならなくなりますよ。その可能性は高いとわたしは思いますね」

「跡継ぎができれば、結婚を断ることは可能だわ」

アリエノールは自嘲《じちょう》気味に言い、そっと自分の腹を手で押さえた。「ウォリックの子を宿していれば……」

「でも……」

マリエは気遣わしげな表情を見せた。アリエノールはうなずく。

「ええ、たぶんあの人の子はできていないでしょうね。ウォリックは死んでしまった。空っぽのわたしを残して」

力なく椅子に身を預け、アリエノールは目を閉じた。「わたしはなんなのかしらね、マリエ。夫を失ったというのに、悲しむこともできない。望んでもいない再婚話をちらつかされて、なんとか断る方法はないかと、それればかりを考えている」

「姫さまは、悲しんでいらっしゃいますよ。あまりにも深く傷ついたから、いまはそれに気づくことができないだけです」

マリエは、力づけるように女主の手を握った。アリエノールはなにか考えているようだったが、やがて目を開けて決然と言った。

「パーシー卿が、手段を選ばずにノーザンプルを我がものにしようというのなら、わたしも、手段を選ばずに守ってみせるわ。ノーザンプルと、わたし自身を」

「なにをなさるおつもりです？　ウォリックさまのことは口惜しいかぎりですが、それも運命です。神がお許しにならないようなことは、どうぞなさらないで下さいましよ」

マリエは不安そうだったが、アリエノールは「大丈夫」と微笑んでみせた。

「わたしは運命を信じないわ。わたしを翻弄《ほんろう》するのは、運命ではない。人間よ。だったらわたしがそれに抵抗して、どうしていけないことがあるかしら？　わたしだって、流されるまま海に沈む木の葉ではない。意志を持った人間なのだから」

アリエノールは、すでに決心していた。いくら憎くても、ロンドンにいるハロルドを殺すことはできない。だが、ロンドンからもたらされる結婚話を断る方法は、まだ潰《つい》えたわけではないのだ。

ノーザンプルを守るために。マリエにはそう言ったけれど、本当のところ、自分を突き動かしているものがなんなのか、アリエノールは正確には把握できていなかった。絶望が感情を狂わせているのかもしれない。怒りが判断を誤らせているのかもしれない。

ノーザンプルのためではない。わたしは自分自身のために行動するのだ。アリエノールはそう思った。崩れそうなこの身を、なんとかもう一度立て直すために。

いつものようにアリエノールの就寝の仕度を手伝っていたマリエは、丸テーブルに置かれた小さな袋に気がついた。中庭の薬草を干して粉末にし、城の貯蔵庫に収めてあったものの一つだ。

「この薬、どうなさるんです？」

「さっき、持ってきておいたの」

アリエノールは、マリエに梳《くしけず》ってもらっていた髪の毛に指を通し、こごった部分がないことを確かめた。「いろいろ考えてしまって、よく眠れないから」

「あまり飲みすぎると毒ですわ」

マリエは心配でたまらなかったが、アリエノールは「大丈夫よ」と穏やかに笑うだけだった。

「ワインと一緒に気休め程度に薬を飲んで、今夜はぐっすりと眠るつもり。あなたも疲れたでしょう。おやすみなさい」

そう言われれば、マリエは退出するしかない。ワインの入った壺《つぼ》を丸テーブルに準備し、「おやすみなさいませ」と部屋を辞した。

マリエの靴音が遠ざかっていくと、だれもいないかのように城の中は静まり返った。それでもアリエノールは、しばらくじっと暖炉の前の椅子に座っていた。やがて、城の人間がすべて眠りにつき、濃厚な夜の気配が漂いはじめたのを確認してから、彼女は壺のワインに小袋の中の粉末を溶かしこんだ。

わたしは恐ろしいことをしようとしている。アリエノールの指先は震えた。神を裏切る、恥ずべき大罪を犯そうとしているのだ。

だが、彼女は踏みとどまることはしなかった。壺を抱えて椅子から立ちあがると、暖炉の奥の壁を押す。黒々とした隠し通路が、冥府《めいふ》への道のように口を開けていた。

最後の逡巡《しゅんじゅん》は、ひどく短いものだった。

ためらっている時間はない。だれかの利害のために翻弄されるようなことのない生きかたを、どんな手段を用いても選びとってみせる。わたしはもう、そう決心したのだから。

アリエノールは、静かに隠し通路に足を踏み入れた。

通路には明かりがまったく射さず、片手で壁をつたいながら歩かねばならなかった。じめついて黴《かび》くさく、マリエに髪にブラシをかけてもらったことも、無駄になってしまいそうだ。せめてドレスの裾《すそ》は汚さないように、慎重に進む。

ここはまるで、産道のようだ。この暗く湿った道を出たら、わたしは新しく生まれることができるだろうか？　いくつか分かれ道があったが、アリエノールは亡き父に教えられた通路の構造を思い出しながら、着実に目的の部屋を目指した。


気がつくとシャンドスは、塔の西側にある自室のベッドに横たわっていた。両腕は頭上でくくられ、ベッドの支柱に縛りつけられている。体の自由が利かないことと、背筋にぬるい快感が走ったことに驚いて身じろぎすると、両脚のあいだから金色の生き物が顔を上げた。

部屋は薄暗い。目を凝らしていると、その生き物はシャンドスの体の上を這《は》うようにして、仰向《あおむ》けになった彼に覆い被《かぶ》さってきた。頬の傷を冷たいものがなぞる。細い指先だ。それでシャンドスは、いま自分とともにベッドに在る金色のしなやかな獣が、アリエノールだとわかった。

「なにをなさっているのです？」

まったく間の抜けた質問だと思いはしたが、問わずにはいられなかった。アリエノールは服を身につけておらず、しかも自分は腕を縛られているのだ。なにが起ころうとしているのかは、ほとんど明白だった。だが、どうしてこういう事態になったのか、それがわからない。

夜半にアリエノールが、隠し通路を通って塔の部屋にやってきた。暖炉から彼女が姿を現したとき、シャンドスは聖剣の手入れをしていた。気配に気づいて立ちあがった彼に、アリエノールはひそめた声で言ったのだ。

「こんな時間にごめんなさい。お話ししたいことがあって。でも、塔にはロイも泊っていますから、夜の訪問を見られてあらぬ噂を立てられてはと、隠し通路を使いました」

二人は小卓を挟んで椅子に座り、アリエノールは持参したワインをシャンドスに勧めた。

「お話とはなんでしょう?」

「ウォリックの最期の様子を、もう一度うかがいたいのです。それをわたしに教えてくれる人は、もうあなた以外にいないから」

アリエノールの強い視線を正面から感じ、シャンドスはワインで喉《のど》を湿らせた。盟友の最期を語るのは苦痛を伴った。助けが間に合わなかったことが、シャンドスの心に重くのしかかっていたからだ。だが、夫を亡くしたアリエノールも、その衝撃に整理をつけるために、ウォリックの最期の物語を必要としているのだろう。シャンドスは己れの悔いも含めて、公正かつ綿密に、あの晩の出来事を語った。

いや、語っているつもりだったが、実際のところどうだったかはわからない。急激な眠気に襲われ、頭が朦朧《もうろう》としてきたからだ。それでも必死に言葉を紡ぎ、二杯目のワインを飲み干したとき、アリエノールが笑みを浮かべたのを見た。夏の夕暮れのように凄絶《せいぜつ》で、冬の稲妻のように怪しく発光する、美しい笑顔だった。

「おわかりでしょう?」

ベッドの上でぴったりと身を寄せてきたアリエノールは、高ぶりだしたシャンドスの欲望を右手で優しくいじった。「わたしは今夜、ウォリックの子を宿すのです」

ああ。シャンドスは呻《うめ》いた。快感のためなのか、絶望のためなのか、自分でもわからなかった。

「復讐《ふくしゅう》のためなら、おやめなさい」

シャンドスは腕に力をこめた。ベッドの支柱が軋《きし》んだが、縄から自由になることはできなかった。

「あなたが傷つくだけです」

「復讐?」

シャンドスの上にまたがるようにして、アリエノールは面白そうに首をかしげてみせた。「わたしがなにに対して復讐していると言うのです？」

「あなたは自暴自棄になっている。それで、こんな馬鹿げたことを思いついたのではありませんか？　これが、ウォリックを殺したハロルドへの、あなたを残して死んだウォリックへの、そして、ウォリックを助けられなかったわたしへの、復讐になると考えたのでは」

「違いますわ」

アリエノールはシャンドスの言葉を遮った。「仇《かたき》を討ちたいわけではない。傷つくというのなら、紙切れ一枚でウォリックとの結婚を命じられたときに、すでにわたしの中の大切な部分は損なわれていました。今度こそ、わたしは自分のことだけを考えて、こうすることに決めたのです。わたしとウォリックの子がいれば、ノーザンプルは安泰。わたしはもう二度と結婚させられることもない」

そのあいだもアリエノールは、指先でシャンドスの欲望を煽《あお》りつづけた。

「あなたも同じではありませんか、シャンドス。自分の利益を考えたことがないとは言わないでしょう。ウォリックが死んだとき、これでもしかしたらノーザンプルが自分のものになるかもしれないと、少しも思わなかったと誓えますか？」

「たしかに、誓うことはできません」

　無理やりかきたてられる快感に、息があがってくる。「しかしわたしが、友の死を前にして思ったのは、ノーザンプルのことではない。あなたのことです、アリエノール。あなたが寡婦となれば、あなたを密《ひそ》かに想うことも、いままでよりは罪ではなくなる、と」

「あはは」

　シャンドスの腹の上で、アリエノールは状況にそぐわぬ無邪気な笑い声をあげた。

　シャンドスは観念して、「縄をほどいてくれませんか」と言ったが、その申し出は退けられた。

「わたしを抱きしめる必要はありません」

　アリエノールはどこか慣れない手つきで、シャンドスの欲望を自分の身の内に導く。

　シャンドスは、眉《まゆ》を寄せ、自分の腹に手をついて浅い呼吸を繰り返しながら体を開いていくアリエノールの姿を、押し包まれる快感の中で見つめていた。やがてすべてを収めきった彼女に、シャンドスは静かに尋ねた。

「愛は必要ないと？」

　汗に濡《ぬ》れたアリエノールが顔を上げ、仰向けに横たわるシャンドスを覗《のぞ》きこむ。

「愛？　そんなものがあったのでしょうか」

アリエノールは息を整え、腰を揺らした。「初めから、どこにもなかったような気がします。だれもかれもが、自分の利ばかりを考えていた。ウォリックは領地と妻を手に入れ、そんな彼にわたしは一度も『愛している』とは告げず、今またこうして、わたしはあなたを踏みにじる。わたしたちは愛を免罪符に、己れの欲望と対峙《たいじ》しているのだわ」

アリエノールの内部は熱く湿っている。ゆるやかなリズムに満足できず、シャンドスが腰を突きあげると、アリエノールは細い泣き声を喉から発した。

いかなる忠誠の言葉も愛の囁《ささや》きも、いまのアリエノールには届かない。それならば、とシャンドスは思った。自分は一個の肉の塊になるしかない。普通の男ならそんな屈辱には耐えられないかもしれないが、シャンドスは違った。彼は体感のみがすべてを支配する世界を知っていた。戦場で命のやりとりをしたように、アリエノールとの欲望のせめぎあいにも、応じられる自信があった。

「縄をほどいてください」

シャンドスは再び言った。アリエノールは気圧《けお》されるように、震える指先を縄にのばしたが、うまくほどくことができなかった。シャンドスが短剣をいつも枕の下にひそませてあることを教え、縄は切断された。同時に二人は、理性と条理の世界からも解き放たれた。

「こういうやりかたを、ウォリックは好んだのですか？」

シャンドスは自由になった手で、アリエノールの乳房をやんわりとつかんだ。「ウォリックから教えられたことを、あなたはわたしに実践してくださっているというわけですね」

アリエノールは両手で顔を覆った。羞恥《しゅうち》が新たな欲望となって体の奥に滴る。シャンドスは、自身をみっしりと食い締めている秘めやかな部分を眺めた。紅色に色づいたアリエノールの小さな花芯《かしん》を指先で擦ると、彼女は悲鳴じみた歓《よろこ》びの声をあげた。

身を起こし、のけぞるアリエノールの背を支えてベッドの上に座る。溶けあい繋《つな》がる奇妙な生き物のように、連動して互いに淫猥《いんわい》に腰を蠢《うごめ》かす。

濃密な時間に終わりがやってきた。アリエノールの全身を痛いほどの痺《しび》れが襲い、自分の中でシャンドスの欲望が爆《は》ぜたことをもはっきりと感じ取った。

遠くなっていた雨音が、また耳によみがえる。シャンドスの逞《たくま》しい肩にすがりながら、アリエノールは自分が、夫が死んでから初めて、涙を流していることに気がついた。

五日目

一晩かけて軌道修正を試みたけれど、なぜだか話はどんどん違う方向へ行ってしまう。川舟だと思っていたものに歪《ゆが》んだマストがそびえ、帆に風を受けて海に漕《こ》ぎ出し、太平洋の真ん中で突如として宇宙に向けて旅立って、そのまま引力を振り切り、行き先もわからぬまま航行。もう戻る道が見つかりません。さよなら地球。私は宇宙のさすらい人。そんな感じ。

原書に忠実に訳していたとき以上に、キーボードの上で指先が弾《はず》む。アリエノールがどんどん勝手なことをしちゃうのを、止める手だてが見あたらない。力ずくで航路に引き戻そうとする作業を途中で諦《あきら》め、明け方に仮眠を取った。眠る前に念のため表を覗《のぞ》いたが、さすがに神名《かんな》はもういなかった。

目覚めると今日も快晴。父は自分でワゴン車を運転して病院に出かけていく。彼は昨夜の神名と私の喧嘩《けんか》について何か問いたげだったけれど、私は知らん顔をした。

冷蔵庫の中には、神名の買ってきた食材がまだ残っていた。神名が私にしてくれたこと。

彼は「してあげる」という意識もなく、すごく自然に振る舞って、そのたびに私は幸せな気持ちになった。そういう記憶は私の中で、冷蔵庫にあるこの食材みたいに、みずみずしさを保ってきちんと陳列されている。いつかしなびたり、腐ったりする日が来るのかもしれないけれど。

冷蔵庫の扉を閉めた。私は神名に、なにをしただろう。いつもいらいらしてばかりで、だから神名は私に、ネパール行きのことを教えてくれなかったのかもしれない。神名の記憶の冷蔵庫にはもう、しなびた野菜や腐った肉しか詰まっていないのかもしれない。

謝りにいこうかとも思うが、勇気が出ない。友だちでも恋人でも、一緒にいると、だんだん自分の利己的なところが見えてくる。反対に、相手の優しさや寛容さはよくわかってきて、ますます勝手な自分がいやになる。だれでもそんなものなんだろうか？　だれかが私のことを、優しくて寛容だと感じてくれる瞬間もあるということなんだろうか？　そうであったらいいのだけれど。

考えがどんどん後ろ向きになっていくから、気晴らしに商店街へ買い物にでも行こうかと思う。だけど食材は神名のおかげでまだあるのだ。神名め。いやいや、そんなところで神名を責めてどうする。いまちょっと反省したばかりだというのに、もうこのざまだ。そうだ、百合のところに遊びにいこう。話を聞いてもらって、すっきりしたら神名を訪ねてみてもいい。

ゴム草履をつっかけ、駄菓子屋に向かってのんびり歩く。百合は店の軒下に出した椅子に座って、遠くに視線を向けていた。アイスクリームの入った箱の上に置かれたラジオが、お盆の帰省ラッシュがはじまったことを告げる。休みなく読みあげられる渋滞情報。どこかで延々と続いている車の列。

百合も私も、「田舎」というものがない。たぶん、この町に住む人の大半は、「お盆に帰る」という習慣がない。神名も、まさみちゃんも。でもきっと、百合と私がここにいることと、神名やまさみちゃんがここにいることのあいだには、大きな隔たりがある。

神名はこの町に住むことを自分で決めて、居心地がいいから今はここにいる。だけど、いずれどこかへ行ってしまう。たどり着いた先の居心地がよかったら、またそこにしばらく住むだろう。この町には帰ってこない。お盆にも、正月にも。

神名はいつだって、帰る場所を自分で決める。いやいやだとしても、懐かしさを伴うものだとしても、「帰らなければならない場所」は、神名にはないのだ。ちゃんと聞いたことはないけれど、なんとなくわかる。根を張る場所を自分で選ぶさびしい自由が、神名の体の芯になっている。

「なにを見てるの？」

百合の前に立って、私は問う。彼女は座ったままますいと腕を上げ、路地の出口、いつもより車通りの少ない大通りを指差した。

「逃げ水」

「矢野さんも思いきったことをするね、いつもながら」

と言って、百合はチョコレートの挟まったアイスもなかをバリバリ食べた。「でもいいじゃない、会社を辞めて長い旅行。あかりはなにに対して怒ってるの？」

改めてそう聞かれると、困ってしまう。練乳入りのかき氷のせいで、口の中がべとつく。たしかに、なにを怒っているんだろう。神名が私にはなにも言わずにすべてを決めてしまったこと？　ちがう。私は空になったかき氷のカップを、ゴミ箱がわりの小さな段ボールに投げ入れた。

「私、いい気になってたんだよ。神名はずっと私を好きで、私と一緒にいてくれる、って」

「だから急な話に驚いて、茶碗《ちゃわん》を投げつけちゃったわけね」

そう。馬鹿みたいだね、と言ったら百合は、ホントにね、と小さく鼻を鳴らして笑った。

「あかりさあ、実生活でもロマンス小説みたいなことしてるんだもん」

「どういうこと？　この情けない状況のどこがロマンス小説的だって言うのよ」

「話しあえば解決するのに、一人であれこれ悩んでぐずぐずしてるところ」

そりゃそうかもしれないが、言葉で心の曇りをすべて拭《ぬぐ》い去ることは不可能だ。だから、私たちはためらったり嘘をついたり隠しごとをしたりするのではないかしら。

ロマンス小説の備えるある種の明快さは、登場人物が言葉の欠如に悩み、言葉を得ることによって救われる、という確固とした構造が理由だろう。ヒロインもヒーローも、たいてい最初は相手の愛を信じない。愛情を実感するようなエピソードがあって、お互いのあいだにあった誤解が解け、駄目押しに「愛してる」の言葉を囁《ささや》かれてようやく、物語はハッピーエンドを迎えるのだ。

現実ではこうはいかない。愛の言葉は万能の呪文にはならない。たとえ、愛を実感できる出来事と言葉があったとしても、そんなのは瞬間の高揚をもたらすだけだ。そこから気持ちを持続させていくのがどんなに大変かわかっているから、ときに言葉はなおざりにされる。怯《おび》えてためらって諦めて、私たちは言葉を出し惜しみする。

「改まって話しあうことなんてないもん。神名は自分のことを決めただけだし。私が口を出す筋合いじゃないから、悶々《もんもん》と腹を立ててるのよ」

「パピコを買った女の子のことは？　気になってるんでしょ」

「聞けるわけないじゃない！　『ああ、まさみちゃんとつきあおうかと思ってるんだ。悪いな、あかり』とか言われたらどうするの！　私からは絶対にその話題を切り出してやるもんか」

「あかりって、自信がないわりにプライド高いよね。いまつきあってるのはあんたなんだから、ズバッと聞いてみればいいのに」

　そうじゃないか、自信がないからプライドだけは高くなるのか。百合は幼なじみの残酷さをいかんなく発揮して、ずけずけと物を言う。私は悔しくなって反論した。

「聞きたいけど聞きにくいっていう微妙な機微があるじゃない。わかるでしょ？」

「よくわかんない」

　百合はアイスもなかの入っていた袋をきちんと畳み、なにかの願掛けのように結んで捨てた。「男の人と、いわゆる『おつきあい』をしたことがないから」

　皮膚の細胞が裏返って、内部の液が出ちゃうかと思うほど驚いた。たしかに、いつも私ばかりが神名の話をしていて、百合がそのときつきあってる人のことは、聞いたためしがない。百合はきっと、恋愛に関しては秘密主義なんだろう。小さいころから家族みたいに顔を合わせて暮らしてきたから、そういう話を私にはしにくいのかもしれない。そう思っていた。二十八年間ずっと。

「だって……そんなこと可能なの？」

　どうにも信じられなくて聞き返してしまう。中学高校のころ、百合はけっこう男子生徒に人気があった。一緒に遊んでいる姿もよく見かけたのだ。

「可能だよ。現に、ここにいるじゃない」

　百合は一足早い秋晴れの空みたいに笑った。だから私は、「どうしてつきあわないの。

つきあってみたいと思う人はいなかったの」と聞くことをやめた。百合がいままで私に話さなかったのは、話す必要のないことだと彼女が判断したからだ。

さてと、と椅子から立ちあがった百合は、

「休み明けには、新製品の会議があるのよ。企画書をまとめなくちゃならないから、またね」

と店の中に引っこんだ。

百合は勤め先の製菓会社が休みのときだけ、家業の駄菓子屋の店番をする。もしかしたら彼女も、神名みたいに会社を辞めて、ぶらぶらと旅をしたいと思っているのかもしれない。百合がくれた、神名の部屋にあるバリ島みやげの敷物。草木で染めた細い繊維で編みあげられた美しい布。神名がどれだけけむしっても、百合みたいにしなやかで強い。

「またね」と声をかけて、私は駄菓子屋の前から立ち去ろうとした。

「矢野さんのところに行ってみなよ。あとで結果を教えてね」

店の奥から、百合の優しい声が返ってきた。

鍵《かぎ》なんてかけて出なかったから、家の玄関の引き戸はなんの抵抗もなく開く。父はまだ帰っていないみたいだ。「ただいま」と、だれもいない家に挨拶《あいさつ》する。母の記憶はそんなに残っていない。商店街の買い物から手をつないで一緒に帰ったとき、母はいつも「ただいま」と言った。それだけをよく覚えている。

幼かった私は母に聞いた。お父さんは仕事だよ。家にはだれもいないってわかってるのに、どうして「ただいま」って言うの？　母は、どうしてかしらね、と笑った。ああおうちに帰ってきた、と思って、この引き戸を開けるときには、ついつい「ただいま」って言っちゃうみたい。あかりもこれから何年もここに住んでるうちに、いつかそういう気持ちになるかもしれないね。母は笑って、そう言った。

二階の部屋は日が当たって暑いから、居間で仕事をしよう。ノートパソコンを持って階段を下りた私は、玄関の下駄箱《げたばこ》の上に、昨日割れたはずの茶碗を見つけた。さっきは全然気づかなかった。留守のあいだに、神名が来ていたのだ。心臓が急に存在を主張しはじめる。

茶碗は接着剤で修復してある。しかしわからないのは、なぜか中に土が入れられ、道ばたの草が寄せ植えになっていることだ。茶碗を持ちあげて底を見ると、親指の爪ぐらいの大きさの鋭角的な穴が空いていた。ここの破片だけ見つからなくて、茶碗は植木鉢になったらしい。丁寧に継ぎあわされた亀裂《きれつ》を指でたどる。神名。私は彼の名をつぶやいていた。神名。

ゴム草履を再びつっかけて、神名のマンションへ走った。三階の部屋まで階段を駆けあがる途中で、なんでパソコンなんて持ってるんだろうとようやく思い至る。ドアの横のチャイムを連打すると、私の心境とは裏腹に、それはキンコーンキンコーンと間延びした合図を響かせた。

「はい」

とドアを開けた神名は、私が小脇に抱えたノートパソコンに目をやり、「進んでる?」となんのわだかまりもなく笑顔を見せた。ああもう、なんて言ったらいいのだ。液晶が壊れるぐらいパソコンで殴ってやりたいような、「もうけっこう」と言われるまで思い切り可愛がりたいような、そんな激情がこみあげた。こみあげたけれど、実際に口にしたのは、

「茶碗、ありがとう」

というありきたりな言葉だった。神名は、

「欠けた歯は合わせたくなる。割れた茶碗はくっつけたくなる。それが人情ってもんだよな」

と、わかるようなわからないようなことを言い、私を部屋に通した。

数日ぶりの神名の部屋に、特に変わったところはなかった。荷物を片づけている感じもない。なんだかすごく安心した。

「もう家具はなんにもなくて、鞄《かばん》が一つ床に置かれてるだけかと思った」

私がそう言ってリビングの床に座ると、神名は「まさか」と笑った。

「一昨日《おととい》、都庁にパスポートを取りにいったところだよ。期限が切れててさ。十年にしと

けばよかった」

「今度は十年にしたの？」

注意深く聞くと、神名も注意深く答えた。

「いいや、五年。金ないから」

間合いをはかるような沈黙。神名はリビングの窓を閉め、クーラーとテレビをつけた。

「仕事しな？」

うながされ、私はガラスのローテーブルの上でノートパソコンを立ちあげる。神名の近くにいたかったから、リビングの隅に置かれた机を使おうとは思わなかった。神名は少し距離を置いて、私の隣の床に座り、壁に背をもたせかけた。昼の公開放送番組の中で、出演者たちがにぎやかにしゃべっている。

「出発するのは、たぶん冬だよ」

と神名が言った。私はパソコン画面をスクロールさせ、昨晩書いた箇所を読み直す。神名は言葉を続けた。

「どうせ旅に出るなら、冬がいいでしょ」

「そう？　どうして？」

私は画面から目を離さずに聞く。

「スナフキンだって、冬が来るとムーミン谷から去っていく」

ははは、また馬鹿なこと言って。だけどなんだか泣いちゃいそうだ。そんな自分をごまかすために、私はアニメの初代ムーミンの声色を真似た。

「スナフキーン、また帰ってくるよねー？」

言ってみてから、すごく真情がこもってしまったことにたじろぐ。スナフキンならぬ神名は、くるともこないとも答えなかった。やはり声色を使って、

「松葉をたくさん食べたまえ、ムーミン。冬眠するんだろ？」

と言った。

二人でちょっと笑い、また黙る。いつまでも夏だったらいいのに。神名の顔を見ることができない。意地になって、自分の書いた文章を読むふりをした。内容なんてちっとも頭に入ってこない。だが神名は、後ろからちゃっかりと盗み読んでいたらしい。

「おいおい、あかり」

とからかうような声をあげる。「おまえが怒ってるのはよくわかった。けど、これはまずいだろ」

「まずいかな、やっぱり」

「そりゃそうだろう。アリエノールが、ベッドに縛りつけたシャンドスに襲いかかってるじゃないか。そんなロマンス小説のヒロインはいないだろ。ウォリックはどうしたんだ？死んじゃったのか？」

そうです、私が殺したのです。そういえば、私ときたら家で仕事をしようと思ったときに、部屋からパソコンだけ持って階段を下りたのだ。原書も辞書も持たずに、翻訳なんてできるわけがない。いったいなにを考えているんだろうと、自分でもおかしくなった。

「やめた。昼寝する」

宣言して、その場に横倒しに寝ころぶ。

「拗《す》ねんなよ」

と神名が言ったけれど、拗ねてるわけじゃない。眠って、すべてを真っさらな状態に戻したかった。おなかを減らし、でも活力を漲《みなぎ》らせて春を迎えるムーミン・トロールみたいに。スナフキンの訪れを胸高鳴らせて橋で待つ、そんな気持ちを思い出さなきゃならない。


電話の音で意識が浮上した。

ずっと同じ体勢で床で寝ていたから、背筋が痛かった。でも頭はすっきりしている。外はいつのまにか暗くなっていて、開いた窓から湿った夜風がかすかに入ってくる。神名がかけてくれたらしいタオルケットをはいで、私は体を起こした。

なにか話していた神名が受話器を下ろし、私を振り返った。

「起きたか、あかり。出かけよう」

「どこへ？」

「『たんぽぽの汁』。まさみちゃんから電話で、相談があるらしいんだ。店で落ち合おうって決めたところ」

昨日、まさみちゃんと大迫さんの靴を投げるという、恥ずかしい荒技を見せたばかりだ。あまり気が進まないが、このまま顔を合わせずにいられるものでもない。まさみちゃんの相談の内容も知りたいし、私は急いで洗面所で寝乱れた髪の毛をとかした。

昼はあんなに晴れていたのに、いまは厚い雲がかかって星は一つも見えない。

神名と連れ立って『たんぽぽの汁』ののれんをくぐると、まさみちゃんはもう来ていて、いつものカウンター席に座っていた。

「カンちゃん、あかりちゃん、昨日はありがとう」

まさみちゃんは屈託なく挨拶《あいさつ》する。大迫さんも調理の手を止めて顔を上げた。

「仲直りしたかい」

したんだろうか。神名も私も、喧嘩《けんか》と仲直りの境目がもはや曖昧《あいまい》になっていて、全部が「なんとなく」で過ぎていくから、よくわからない。

神名がまさみちゃんの隣に座り、私はカウンターの一番奥に陣取る形になった。

「昨日は途中で帰っちゃってごめんなさい。それから靴を……」

投げ捨てて。私は口ごもった。いま思えば、どうにも尋常な行動じゃなかった。ああ、後悔先に立たずとはよく言ったものだ。

「大迫さんの足も踏んづけちゃったし……」

「粉砕骨折だよ」

と大迫さんはおどけて笑った。まさみちゃんは、「いいって、いいって。楽しかったもん」と明るく言った。

「カンちゃんが裸足《はだし》で飛び出してったあと、悪いとは思ったけど大迫さんとあたし、笑っちゃった。『あかりちゃんも、やるなあ』って」

いますぐカウンターの下に身を隠したい。穴熊の気分で、私はお通しのジャコとほうれん草の和《あ》え物をつついた。

今日はジョッキでビールを頼む。まさみちゃんは相変わらず、お通しも断って裂けるチーズをつまみに飲む。神名と私はあっさりとした物を中心に何品か頼み、ビールで喉《のど》を湿らせてから、話を切り出した。

「で、相談って？　なんかあった？」

神名が水を向けると、まさみちゃんの表情が珍しく強張《こわば》ったみたいだ。なんだろう。まさかここで神名に告白などする気なのでは。私は緊張して、全神経を聴覚に集める。テーブル席に一組だけいる四人の客が、それぞれの会社生活について愚痴っていた。

「あのね、無言電話があるの」

まさみちゃんの話は、私の想像とはまったく違った。「それに夕方、買い物に行ったら、だれかにずっとつけられてるみたいだった」

「いつからなの？」

　私はとっさに、昨日の黒いTシャツの男のことを思い浮かべた。「もしかして、急な引っ越しの理由はそれ？」

　まさみちゃんはうなずき、両手で抱えるようにしてジョッキをあおった。

「二カ月ぐらい前からかな。気のせいかと思ったんだけど、気味が悪くて。それで引っ越したのに、次の日からやっぱり気配を感じるでしょ？　もう絶対に後をつけられてると思って……」

「もっと早くに言わなきゃだめだよ」

　大迫さんがカウンターの中から、真剣な顔つきで言った。「警察に連絡したほうがいい」

「証拠になるものはある？　無言電話をテープに録《と》ったりとか」

　腕組みした神名が、まさみちゃんに問う。彼女は首を振った。

「じゃ、今日から録ったほうがいい」

「心当たりは？」

　と私は聞いた。あの男のことが、どうしても引っかかっていた。あいつは神名と私の後をつけて、まさみちゃんの新居を割り出したんじゃないだろうか。まさみちゃんと大迫さんは、車で移動した。私たちがもう少し気をつけていれば、こんなことにはならなかったかもしれない。

　まさみちゃんが答えないので、私はさらに踏みこんだ。

「まさみちゃん、友だちの話をしてくれたよね？　あれはもしかして、まさみちゃん自身のことなんじゃない？」

「うん」

　まさみちゃんの声は、普段からは想像がつかないほどか細かった。「無言電話も後をつけてるのも、前の彼氏じゃないかと思う」

「あのクマか……」

　神名と大迫さんと私は嘆息する。

「早く捨てなよ、ぬいぐるみ」

　私が言うと、まさみちゃんは先ほどの三倍速ぐらい勢いよく、再び首を振った。

「クマはかわいいもん。それに、捨てたところをリョウタに見られたら、ますます怒るかもしれなくて、こわい」

「友だちの彼氏のことを好きになって、それでリョウタくんをふったんだね？」

　私はもう一度確認する。「いつのこと？」

「三カ月ぐらい前」

「リョウタくんって、背は神名よりちょっと低いぐらいで、おとなしそうで、襟足の髪がのびてる人？」

「襟足はのびてなかったと思うけど……いまはわかんない」

と、まさみちゃんは言った。

ストーカーは、ほぼリョウタで決まりだろう。私たちは、どうしたもんかと話しあった。

「とりあえず、本当にそいつかどうかを確かめよう」

神名が冷や奴《やっこ》を崩しながら言った。ぐちょぐちょにしてから、啜《すす》って食べるのが好きなのだ。

「あんまり一人で出歩かないようにすること。家では戸締まりをきちんとして、なんかあったら、すぐに俺のところに電話して」

「昼間は、うちでもいいよ。うちのほうが、まさみちゃんの家に近いからね」

大迫さんが申し出た。「夜は店があるから、すぐ動けないけど」

「わかった」

まさみちゃんは神妙にうなずく。

「尻尾《しっぽ》をつかむまでは、買い物も控えたほうがいいかもしれない」

私は提案した。「必要な物は、私たちのだれかがなるべく運ぶようにすればどう？　とりあえず、共通の友だちかなんかに、リョウタくんにさりげなく探りを入れてもらったら？　二日もあれば充分だろうし、そのあいだに無言電話もある程度録音しておいて、状況が変わらなかったらすぐに警察に届けようよ」

話は決まった。神名と私は、まさみちゃんをマンションまで送っていく。

「迷惑かけてごめんね」

と、まさみちゃんは部屋のドアを閉める前につぶやいた。気にしなくていいのに。妙な嫉妬《しっと》に夢中になっていないで、まさみちゃんの話をもっとちゃんと聞いてあげればよかった。まさみちゃんは一昨日《おととい》、きっとストーカーの話をしたくて私を訪ねてきたのだ。

神名と私は、まさみちゃんがドアに鍵《かぎ》とチェーンをかけたことを、音で確認した。まわりに不審な人物がいないか注意しながら、マンションを出る。

こうしているうちにも、まさみちゃんから緊急連絡が入っているかもしれないと思うと、神名の部屋に帰る足も自然に速くなる。

「携帯、解約しなきゃよかったのにね」

私はぼやいた。

「ホントだなあ。間が悪かったよ」

神名も心許《こころもと》なさそうに、なんとなくジーンズの尻《しり》ポケットを叩《たた》く。

水のにおいをはらんだ風がどんどん強くなり、雲が流れる。会話が途切れ、なにかに背を押されるようにして私たちは一緒に歩く。夜の散歩が思いがけない形で復活だ。

「あかりが昼寝してるあいだ、ずっと考えてたんだ」

やがて神名が静かに話しだした。「怒ってるみたいだから、ちゃんと理由を伝えなきゃなあと思ってさ」

不安定な空の下、道を行くのは私たちだけ。私は神名と軽く手をつないだ。

「俺には、野球がすべてだったんだ」

その言葉には、なんの気負いもなかった。でも、過去を懐かしむような響きもない。

「だけど、肩を故障しちゃっただろ。俺、プロを目指してたんだぜ、ひそかに」

そのころの神名を、私はまったく知らない。出会ったとき、神名はすでに勤勉なとは言えないが社会人で、なにかスポーツをしていたのだろうということはすぐにわかったけれど、それが野球だとは、私はしばらく知らなかったぐらいだ。

「二十歳も過ぎて、突然、いろんなことを一から始めることになった。大学出たら会社に就職するものらしい。それぐらいしかわかんなかったから、そうした。なんとか続けてきたけど、なにかが違うんだ」

神名がどれだけ真剣に野球に取り組んできたのか、私には想像もつかない。たった一つ、これと心に決めた大切なものを奪われた、そのときの気持ちも。私は英語が得意で、小説が好きだったから翻訳を職業にした。とても運よく、いまはそれで食べていけている。私はなにも言えなかった。つないだ神名の指先の、短く切りそろえられた固い爪の形をなぞる。

「今年で、野球をやめて七年目かな。つまり、新しく生まれ直して七年だ。俺が初めて野球チームに入ったのも、七歳のときだったんだよ。それで……」

　神名は空いたほうの手で、ぽりぽりと頬をかいた。「駄目だな。やっぱりうまく言えないや」

　そんなことはない。わかったような気がする。神名にも冬眠が必要なんだ。いや、眠る、というのはちょっと違うかもしれない。とにかく、また新しく一歩を踏みだすための活力を蓄える、休憩の時間が必要なんだ。

　止まるのは悪いことじゃない。どんなスポーツにも、ための瞬間はある。それは止まっているわけじゃない。行為の中の、一連の動作なのだ。運動はからきしのくせに、私はそんなふうに考えてみる。

　マンションの前で、神名は空を振り仰いだ。

「明日は雨になるかもなあ」

　アリエノールの物語。あの続きを書いてみよう。きらきらした形容はなにもない文章になるだろうけれど、動きだした彼女の行き着く先を、私は知りたい。ふいに強くそう思う。

六章

夏のあいだ、ハロルドの使者として、ロイはロンドンとノーザンプルを数度往復した。ハロルドからの結婚申し込みの手紙はそのたびに、アリエノールの謝絶の言葉とともに、封を解かれることもなくロイとむなしく旅程を共にした。

「いったいどういうことだ」

ロンドンの館《やかた》でロイから報告を受けたハロルドは、読まれなかった手紙を苛立《いらだ》ちまかせに、かたわらの小卓へ叩きつけた。ここ一、二回は、書き直すこともせずに同じ手紙を再利用していたので、さすがに紙は薄汚れてきていた。

「なぜあの女は、わたしとの結婚を拒む？　陛下の許可も得ているし、互いに損になるようなことは一つもないではないか」

「アリエノールさまは、まだ喪に服しているから、との仰せで……」

主人の勘気を怖れつつ、ロイは言った。

「馬鹿な。たかだか二週間、一緒に暮らしただけの夫だろう。アリエノールが、ウォリックを夫として心底愛していたとでも？　あの成り上がりの騎士、政略結婚の相手を？」

「そういうふうにも、見受けられません」

とロイは答え、すぐにつけ足した。「というよりも、わたしにはアリエノールさまのお心がよくわからないのです。なにしろ物静かで、口数も表情も少ないお方で。とにかく、再婚するつもりはない、とそればかり」

おとなしい女は好ましい。ハロルドはますます、アリエノールを手に入れたくてたまらなくなった。結婚にさえこぎつけてしまえば、アリエノールは従順な妻になりそうだ。

「再婚を渋る理由はなんだ。そなた、ノーザンプルの城で見聞きしたことのなかで、なにか思い当たることはないのか？」

「はあ……」

ロイは困惑した。「気になるといえば、シャンドスという騎士が未《いま》だ、城に滞在していることでしょうか。ウォリック殿のご友人だそうですが、寡婦となったアリエノールさまのそばに、独身の騎士がいつまでもいるというのも……」

「シャンドス……黒髪の、北の蛮族出身の男だな」

「はい」

「アリエノールと、ただならぬ仲なのか？」

「いえ、そのようには見受けられませぬ。しかし、ノーザンプルの女領主たるお方について、宮廷でよからぬ噂が立てば、陛下も黙ってはおられませんでしょう」

「なるほど。やはり夫となるものが必要だ、ということになるな」

「はい」

「早急に、宮廷人たちの周辺でそれとなく触れ回るのだ。ノーザンプルの女領主のそばに、不届きな輩《やから》がいる、とな。将来、わたしの妻となる女だ。あまり具体的な姦淫《かんいん》の噂が立っても、こちらの面目がつぶれることになる。それとなく、だ。冬が来る前には決着をつけるぞ」

ハロルドは手紙を握りつぶした。「もうこれは必要ない。次にはわたしが直接、ノーザンプルに結婚を申し込みに行くのだからな。否とは言えまい。そのころには、女が独り身でいるとろくな噂が立たないと、身に染みていることだろうよ」

「パーシー卿《きょう》との結婚をお断りになって、大丈夫でしょうか」

マリエは、木イチゴや杏《あんず》を砂糖漬けにした瓶を蠟《ろう》で密封しながら、気遣わしげに尋ねた。「熱心に、使者を何度も送ってこられたのに。最近では、頑《かたく》なに結婚を拒む姫さまについて、ロンドンであれこれ申す輩もいるというじゃありませんか」

「心配いらないわ」

アリエノールは窓から丘を眺めていた。シャンドスが村人たちと一緒に、今年生まれたばかりの若い羊を、繁殖期に入った羊たちから柵《さく》で隔離している。春になれば、またたくさんの子羊が生まれてくるだろう。シャンドスは相変わらずもくもくと仕事をしていたが、たまに村人からなにか話しかけられると、笑顔を見せて応じた。

「姫さま?」

マリエの怪訝《けげん》そうな声で、アリエノールの意識は室内に戻る。

「心配いらないわ」

と、彼女はもう一度言い、自分の大切な侍女を安心させるために微笑んでみせた。

「お断りするだけの理由があるんですもの」

「理由ってなんです?」

マリエは疑わしそうだった。「ウォリックさまをまだ愛してるから、というのは、殿方の政《まつりごと》の前では理由になりませんよ」

それはすでに、自分自身への言い訳にもなりはしないわ。アリエノールは思った。確たる定義もなく、己れの心でしか存在を形づけられるものがないとは、愛とはなんと曖昧《あいまい》なものなのか。しかも、ただ一つの標《しるべ》となるべき心すら、かげろいやすいものときている。

たぶん、愛は瞬間にあるのではなく、持続する言動のなかにあるのだ。長い時間を経るあいだに、愛を愛だと確認していくしかない。ウォリックと過ごした二週間という時間は、それにはあまりにも不十分だった。アリエノールに残されたのは、寒さに凍えた草の芽のような、愛の残骸《ざんがい》だけ。それがどんなふうに育つはずだったのか……、やがては立ち枯れてしまう運命だったのか、美しい花を咲かせることもあったのか、いまとなっては永遠に知ることはかなわない。

「気がつかない？　マリエ」

アリエノールは窓に頬杖《ほおづえ》をつき、また外を眺めた。「わたし、妊娠したわ」

「本当ですか、姫さま！」

マリエは立ちあがり、その拍子にひっくり返した蠟燭《ろうそく》を慌てて踏み消した。「そんな固い椅子に座ってちゃあ、よくありません。クッションを当てないと。どんな準備をしたらいいのかしら。ああ、こんなときに、母が生きていてくれたらと思いますわ。

鍛冶屋《かじ》のおかみさんに、いろいろ聞いてみましょう。経験者がいれば心強いですからね」

「まだ先よ、マリエ。たぶん、ノーザンプルが雪解けを迎えるころ……」

アリエノールはたしなめたが、乳姉妹の興奮は収まらなかった。マリエは椅子に腰かけるアリエノールの前に膝《ひざ》をつき、女主《おんなあるじ》の顔を見上げた。

「おめでとうございます、姫さま。きっとウォリックさまも、天国でお喜びでしょう」

天国？　アリエノールは、そんなところに亡き夫が行ったとは思えなかった。

触れることも、愛の言葉を告げることもできなくなる。それがわかっているから、死に接してひとは悲しむ。もし本当に天国があるとしても、ウォリックはそこにはたどり着けないだろう。彼は自分でも、それを知っていた。多くを殺して生きてきたことを、だれよりも自覚していたのだ。

彼とはもう、二度と会えない。この地上ではもちろん、死んだ後にも。ただ隣りあわせに埋葬され、土になって溶け混じっていくのみだ。

アリエノールは、

「これでノーザンプルに、跡継ぎができるわ。ハロルド殿との再婚を断る理由が、わかったでしょう？」

とだけ答えた。その目は茫洋《ぼうよう》と、緑の丘の稜線《りょうせん》をなぞっている。

マリエはふと、恐ろしい疑念にかられた。アリエノールの腹に宿ったのは、本当にウォリックの子なのか？

だが賢明にして忠実なる侍女は、その疑念を口に出すことはしなかった。だれの子でもかまわない。アリエノールの胎《はら》から生まれれば、それはノーザンプルの正当なる後継者なのだから。アリエノールが意に染まぬ再婚を避けられるのならば、それでいいではないか、とマリエは思った。

だがやはり、相手がウォリックではないとすれば、腹の子の真の父親がなにを考えているのか、気にはなる。マリエは、シャンドスの姿を探した。城に暮らす男たちは、幼いころからアリエノールを領主として尊崇している。相手はシャンドス以外にはありえない。

しかしいったい、シャンドスは本当に、親友の妻だったアリエノールと関係を持ったのか。アリエノールとシャンドスの距離は、ウォリックの生前も今も、傍目《はため》にはなにも変わったところがないように見えた。万事において控えめで義に厚く、無口なあのシャンドスが、そんなことをしたというのが、にわかには信じがたかった。まさか、ウォリックの存命中から関係を結んでいたということはあるまい。

アリエノールに子ができたと知ったとき、彼がどういう反応をするのか、マリエは確かめておきたかった。子どもの父親だということを盾に、アリエノールを脅したり、ノーザンプルを我が物にしようとしたりと、画策を巡らせていないともかぎらない。

城の門前でたむろしていた村人たちに聞くと、シャンドスは羊の世話を終え、剣を持って一人で散歩に出かけたという。マリエは城の裏手にまわってみた。

「シャンドスさま」

シャンドスは、城の裏の小さな森で、仮想の敵を相手に剣を切り結んでいた。マリエは、色づきはじめた森の木の葉を映し、それでもなお青白く輝く剣の、不思議な光の軌跡を追う。シャンドスは最後の一人を切っ先で薙《な》いだのか、流れるような動作で剣を鞘《さや》に納め、マリエを振り返る。ずいぶん長く剣術の稽古《けいこ》をしていたようなのに、息一つ乱さず、汗もほとんどかいていない。

「どうなさいました」

と、シャンドスは相変わらずの静けさをたたえたまま言った。マリエは柔らかな森の下草を踏んで、彼に歩み寄る。シャンドスと個人的に接するのは初めてだ、とマリエは気がついた。頬には引きつれた大きな傷があり、鍛えられた体は武骨としか言いようがない。それでもやはり、彼は遠くから眺める海のように穏やかで、警戒心や恐怖心をマリエに与えることはなかった。

マリエは気後れすることなく、まっすぐに彼の目を見て言った。

「アリエノールさまが、ご懐妊なさいました」

「それは、おめでとうございます」

シャンドスはうやうやしく言祝《ことほ》いだ。彼の面には、一片の動揺も表れなかった。わたしの考えすぎだったかしら？　マリエは注意深く観察を続けながら、言葉を紡いだ。

「めでたいことのはずなのに、なんだか姫さまは沈んでいらっしゃるようで、心配なのです。お子さまの父親であるはずのウォリックさまが、お亡くなりになってしまったからでしょうか。それとも、父親になるべきかたが、他にいらっしゃるから？」

「……どういう意味ですか？」

シャンドスの眼差《まなざ》しに、初めて険しい光が浮かんだ。彼の右手が、剣の柄《つか》にさりげなく触れるのを、マリエはちゃんと見ていた。

「ロンドンのパーシー卿が、姫さまにしつこく求婚の手紙を送ってくるのです」

「ああ」

シャンドスはやや気まずげに、マリエから視線をそらした。「それは放っておけばいいでしょう。アリエノールどのが懐妊したことを知れば、彼も引き下がらざるを得ない」

「そうですわね」

マリエはにっこりと笑ってみせた。「最初の妊娠のときには、だれだって不安なものかもしれません。姫さまとウォリックさまの、大切なお子ですから、わたしがしっかりとお支えするようにしますわ」

マリエは満足して、来た道を引き返した。彼女の疑念はいまや、ほとんど確信になっていた。シャンドスはアリエノールの腹の子について、潔白というわけではないのだ。

まあ、次期領主の父親が、ウォリックだろうとシャンドスだろうと、マリエはどちらでもよかった。生まれてくるのが、大切な女主の子であることに変わりはないのだし、なにより、あの男は秘密の扉に手をかけようとしたわたしを、殺そうとした。荒っぽいやりかたで口封じをしてでも、秘密の漏洩《ろうえい》を防ぐつもりだったのだ。そんな彼が、子どものことでアリエノールを脅すような画策を、万が一にもするはずがない。

マリエはそう判断し、安堵《あんど》した。

「マリエどの」

森を出ようとしたところで、背後からシャンドスに声をかけられた。彼はまだ、木々のあいだで立ちずさんでいた。

「あなたは、素晴らしい侍女ですね」

「そうよ」

マリエは朗らかに笑った。「いままでお気づきになりませんでしたの？」

いつもは無表情なシャンドスが、優しく頬をゆるめたのが見えた。


アリエノールとシャンドスは、大広間で夕食を摂《と》る。ふだんならば、マリエが給仕をするのだが、その夜は気をまわしたのか、彼女は料理の皿を並べ終わると、すぐに広間から出ていった。

がらんとした空間に、アリエノールとシャンドスの二人だけになった。長く大きなテーブルの端と端に座っていると、初めての晩餐《ばんさん》の夜のことが思い起こされる。ウォリックはこんな食事の仕方を嫌い、アリエノールの近くの席に座ったのだ。

ここにいるべき三番目の人間は、永遠の不在によって存在を主張する。食器の触れあうかすかな音だけが、大広間に響いた。残された二人は、お互いの距離を縮めようとはしなかった。懼《おそ》れと、諦《あきら》めによって。

「マリエから、聞きましたか?」

やがて、アリエノールが言った。

「はい」

とシャンドスは答えた。「よい侍女ですね。勘もいい。さっそく、釘《くぎ》を刺されました」

「マリエはわたしの大事な姉妹で、友人です」

言ってからアリエノールは、シャンドスが、大事な兄弟であり友人だったウォリックを失ったことに思い至り、己れの軽率な言葉を悔やんだ。しかしシャンドスは、別のことを考えていたらしい。

彼はテーブルの上でゆるく両手を組み、思い切った様子で言った。

「わたしはそろそろ、この城をおいとましようと思っています」

「なぜですか?」

アリエノールは驚いて聞いた。「……わたしが、愚かなことをしたから?」

「そうではありません」

とシャンドスは苦笑した。「あれはわたしが、ウォリックを亡くしたあなたにつけこんだのでもあるのです」

居心地の悪い、しかし甘さもはらんだ沈黙が、二人のあいだにまた落ちた。どちらも、心を言葉で表すことができなかった。ウォリックの影がテーブルのまわりを重い足取りで歩いているかのように、二人は体を緊張させ、慎重に言葉を選んだ。

「生まれてくる子の父親について、無用な憶測を呼ばないように、わたしはこの城から離れたほうがよいでしょう」

「いつ、お発《た》ちになるおつもりですの？」

アリエノールは、震える声で尋ねた。

「雪深くなる前には」

「お国へ帰るのですか？」

「さあ……それはどうかな。わたしは故郷を捨てた身ですから」

とシャンドスは答え、ワインを飲み干し席を立った。


ハロルドがノーザンプルにやってきたのは、森の木々がすべて、赤や黄に色鮮やかに染まったころのことだった。

ロイを案内役にして、十数名の護衛の兵士に囲まれたハロルドは、従妹《いとこ》のキャスリーンとともに八頭だての馬車でロンドンから旅してきた。獅子《しし》の紋章の旗を翻し、一行はノーザンプルの城門をくぐった。

はじめて相対するアリエノールの姿に、ハロルドは内心、賛嘆を禁じ得なかった。ゆったりとした黒いドレスをまとったアリエノールが、雨雲の中に見え隠れする銀色の月のようだったからだ。

美しい妻。豊かな領地。伝説の聖剣。ハロルドはもうすぐ自分の手に入るものを、呪文《じゅもん》のごとくつぶやいた。

「このたびのこと、お悔やみ申す」

大広間に通されたハロルドは、殊勝に挨拶《あいさつ》した。「これに控えますは、我が従妹、キャスリーンです。ぜひとも墓参をと申しましたので、失礼とは思いましたが、こうしてともにお訪ねした次第です」

「お気遣い痛み入ります」

ウォリックを殺しておいて、よくも顔を出せたものだ。アリエノールは、声に怒りを滲《にじ》ませないようにするのに、多大な努力を払わねばならなかった。壁際に立つシャンドスに視線を向けると、彼は「こらえてください」とでも言うように、わずかにうなずいてみせた。

「長旅でお疲れでしょう。お部屋を用意しましたから、どうぞごゆっくりお休みください」

それだけ言って会見を終わらせようとしたアリエノールを、ハロルドは急いで呼び止めた。

「お待ちを。わたしがここへ来た目的は、ウォリック殿の墓参だけではありません。あなたに求婚しにきたのです」

アリエノールは足を止め、再びハロルドに向き直った。茶色い髪と目をした、優美な宮廷貴族。だが彼の全身から発される抜け目のなさと冷酷さは、洗練された服装で覆い隠しきれるものではない。

アリエノールは冷ややかに答えた。

「お申し出はありがたいですが、その件はお断りしたはずです」

「ご夫君を亡くされたばかりで、まだ悲しみも癒《い》えておられない。それはわかります。わたしも妻を亡くしましたから……」

思い入れたっぷりで、ハロルドはうつむいてみせた。だがすぐに顔を上げ、

「婚約だけでもいいのです。あなたにもわたしにも、跡継ぎは必要だ。それにこれは、あなたの名誉のためでもあるのです」

と、切々と口説く。

「名誉は自分で守るものでございましょう」

「ロンドンでは、よからぬ噂が流れております。ウォリック殿の死後も、異国の男があなたの城に留《とど》まっている、と」

ハロルドは勝ち誇ったように言い、ちらりとシャンドスを見た。腕組みして立っていたシャンドスは、なんの感情もうかがわせずにハロルドを見返した。

「シャンドス殿は、騎士の誓いを立てられたお方。ハロルドさまは同じ騎士であるのに、その名誉を汚すおつもりですか？」

アリエノールが冷静に切り返すと、ハロルドは慌てて、腰に差した装飾過多な自分の剣を握ってみせた。

「そうではありません。ただ、口さがない輩《やから》もおりますから、わたしとの再婚をいまいちど考えていただきたい、と申し上げているのです」

「ご心配には及びませんわ。わたくしは身ごもっております」

「なんですって?!」

ハロルドは信じられぬ思いで、ほっそりとしたアリエノールを見つめた。

「ですから、跡継ぎのためにあなたさまと再婚する必要もありませんし、根も葉もない噂など、すぐに立ち消えましょう」

それでもハロルドが呆然《ぼうぜん》としたままだったので、アリエノールは楽しそうに含み笑いした。

「納得いかれませんか？　まだあまり目立ちませんものね。触ってごらんになる？」

さあ、とアリエノールは軽く両腕を広げて促した。ハロルドは操られるようにふらふらと彼女に歩み寄る。だが、アリエノールの腹にのばそうとしたハロルドの手は、いつのまにか横から間合いをつめていたシャンドスによって、阻まれた。

アリエノールとハロルドは、自分たちのあいだに視線を落とした。シャンドスがベルトから鞘《さや》ごと抜いた剣で、ハロルドの手を押しとどめていた。

「子を宿したお体に、その子の父親以外の男の手を触れさせるなど、それこそあなたの名誉にかかわることです」

シャンドスは低く、アリエノールを諫《いさ》めた。アリエノールはシャンドスを見つめ、無言で剣にそっと手をかけた。シャンドスは促されるままに、それをベルトに戻す。

「お引き取りください、ハロルドさま」

アリエノールは正面に立つハロルドに視線を戻した。「墓地には、のちほどご案内いたしましょう」

一部始終を黙って眺めていたキャスリーンが、微笑みを浮かべて優雅に礼をしてみせた。

大広間に残ったアリエノールは、疲労を覚えて領主の椅子に腰を下ろした。壁際の暗がりに向かって話しかける。

「触れてみますか？　先ほどのお話でいくと、それが許されているのは、ウォリックではなくあなただわ」

影が動き、シャンドスがアリエノールの前に立った。

「ウォリックによく似た子が生まれるでしょう」

シャンドスは穏やかに言った。見開かれたままのアリエノールの瞳から、涙が一筋あふれた。シャンドスはややためらったのち、腰を屈《かが》めて軽く涙にキスをした。

「その剣は、オリハルコンの剣ではありませんね」

アリエノールはシャンドスの剣の柄《つか》に指先で触れ、体を離した彼を見上げた。「なぜ？」

「わたしが聖剣を持っていることを、ハロルドに知られたくないからです」

「なにをなさるおつもりなの、シャンドス。まさか……」

シャンドスはもうなにも答えず、大広間から出ていった。

夕方から雨が降りだしたので、アリエノールはマリエに墓参を止められた。かわりにシャンドスが、キャスリーンを丘の墓地に案内した。ハロルドはままならぬ展開に腹を立てたのか、部屋から出てこなかった。

「ウォリックを殺したのはハロルドね」

真新しい墓標を前に、黒いベールをかぶったキャスリーンは言った。「そうではないかと思っていた。大広間でのあなたたちの様子を見て、確信したわ」

霧のような雨が、丘にあるすべてのものを柔らかく濡《ぬ》らしていく。

「それに、この絵皿」

キャスリーンは、持っていた紙包みを破った。中から、彼女の絵姿を焼きつけた皿が現れた。

「アリエノールさまから渡されて、驚いたわ。わたしが知らぬうちに、ハロルドったらこんなものを送りつけて！　ウォリックはわたしのことをなんと思ったかしら。未練がましく恋を引きずる女、と？　これほどの屈辱ってないわ。わたしは宮廷で、彼との恋愛を楽しんだのよ。それがすべて、ハロルドの野心によって汚された気分」

キャスリーンは絵皿を地面に叩《たた》きつけた。皿は緑の草のあいだに転がっていた石に当たり、粉々に砕けた。

「誇りを傷つけられましたか？」

シャンドスは尋ねた。

「ええ、ずたずたにね」

「では、ハロルド殿の誇りを同じように傷つける方法をお教えしましょう」

シャンドスは毒薬のように、キャスリーンの耳に言葉を注ぎ入れた。「聖剣はウォリックとともに埋葬された、と彼に言うのです」

「それがなぜ、ハロルドの誇りを傷つけることになるの？」

「彼の野心に深くかかわることだからです」

キャスリーンはしばし考えていたが、やがて口元に笑みを浮かべた。

「そう言うだけでいいのね。いいわ、それぐらいで彼の鼻を明かせるのなら」

キャスリーンは、先に立って丘を下りはじめた。「覚えておいて、シャンドス殿。わたしはウォリックのことが好きだったわ。遊びの恋だと人は言うかもしれないけれど、わたしは自分の魂のすべてを賭《か》けて遊んでいるのよ。ゆくゆくは、顔も知らない外国の金持ちのおじさまに嫁がされる。そんな貴族の娘に、恋以外のなにができて？」

シャンドスは黙って、キャスリーンの後について歩いた。

「アリエノールさまがうらやましいわ」

キャスリーンは涙声でつぶやいた。

六日目

神名《かんな》は一日、慌ただしく動きまわっている。昼前にまさみちゃんに電話をかけて様子を聞き、買い物を頼まれたらしく商店街へ出かけ、帰ってくると自分の分の食料品を冷蔵庫にしまってから、ビニール袋いっぱいのお菓子を、まさみちゃんの部屋へ届けにいった。いまはまた帰ってきて、台所で料理を作っている。

そのあいだ、風はどんどん強くなり、音量を絞ったテレビは台風が接近しつつあることを告げた。私はずっと、神名の部屋で電話番も兼ねて仕事をしていた。

いや、正確に言うと、もう仕事じゃない。自分で書きたいように書いてしまっているのだから。キーボードを叩く合間に、佐藤さんにはなんて言い訳しようかとか、たぶん今回の翻訳はやり直しになるだろうから、その後のスケジュールをどう調整しようかとか、そんなことを頭の片隅でぼんやりと考えた。

これはもしかして、私にとってのためなんだろうか。一刻も早く仕事を仕上げなきゃならないときに、全然見当違いのことに夢中で取り組むなんて。

取り組まなきゃならない、となぜだか急《せ》きたてられるように、アリエノールの物語を必死に紡ぐ。捏造《ねつぞう》されたロマンス小説なんて、だれも待っていないのに。だれに読ませるあてもないのに。

突然ノートに詩を書きつづっちゃう中学生みたいだ。自分がおかしくなって、ぐふぐふ笑う。神名が振り返って、「気持ちわりぃな」と言った。

「夕飯、作ったから親父さんに持っていって」

「えー、放っておけばいいよ。まさみちゃんのことも心配だし、ここで待機してる」

「まさみちゃんは、ちゃんと部屋でじっとしてたよ。あやしい奴も近くで見かけなかったし、いまのところ大丈夫だ」

神名は簞笥《たんす》から引っぱり出してきた長袖《ながそで》のシャツで、小振りの鍋《なべ》をてきぱきと包んだ。

「なにかあったら、すぐあかりんちに電話するから。雨が降りだす前に行ってこいよ」

「……なにしてんの、それ？」

「俺、ふろしき持ってないから」

はい、と神名はシャツで包んだ鍋を差しだした。「こうして袖んとこ持ってぶらさげて。安定悪いから気をつけてな。他のおかずはこっち」

紙袋の口を広げてみせる。中にはタッパーが入っていた。

「ほんとに、食べることに関してだけはマメだよね、神名って。さぞかしおモテになるでしょう?」

「いえいえ、それほどでもございやせん」

神名はにやにや笑いながら、「さっさと行ってこいって」と手を振る。私はしぶしぶと立ちあがり、シャツの袖と紙袋の取っ手を両手につかんだ。

昨夜帰らなかったから、父はすっかりヘソを曲げている。話しかけても返事をせず、わざとらしく右腕をさすったりしつつ、卓袱台《ちゃぶだい》の上に広げた新聞をめくる。そのわりには居間の隅に、パチンコで取ってきたらしい板チョコが数枚投げ出されている。

だからこの男のことは放っておけばいいって言ったのに。心の中で神名に恨み言をつぶやきながら、夕飯の準備をする。

シャツにくるまれた鍋の中身は、豚汁だった。三つのタッパーの蓋《ふた》を開けると、コロッケが八つと芋の煮っ転がしときんぴらごぼうが入っている。あらすごい。芋を一つつまみ食いする。うーん、おいしい。神名はいったい、どこの男を落とすつもりで、いまどきこんなおふくろの味を習得したんだろう。つくづくよくわかんない人だな、と思いながら炊飯器を仕掛け、今夜食べる分のコロッケを皿に載せてレンジで温めた。

「お父さん、ビール飲む?」

冷蔵庫を開けながら聞くと、少しの間があってから不機嫌そうな声で、「俺は骨が折れてんだよ」という答えが返ってきた。

「あ、そう」

「でも、ちょっとなら体にいいだろ」

「どっちなのよ」

三百五十ミリの缶を一つだけ取りだし、コップを二つテーブルに並べた。

「なんだい、これっぽっちかい」

父は文句を言いながらも、左手で慎重にビールを注ぎ分け、目を細めて大事そうにちびちび飲む。私はおかずをテーブルに並べて改めて、フォークだけで簡単に食べられるものばかりだと気づいた。父の苦手な洋風の料理でもなく、骨を取る必要のある魚の煮物でもなく。

父はなにも言わなかったが、もちろん神名が作ったものだとわかっているのだろう。食後に皿を洗っていたら、居間で野球中継を見ていた父が、「あかり」とようやくまともに声をかけてきた。

「あのあんぽんたん、どっか行っちまうのか」

「あのあんぽんたんって？」

わざとらしく聞き返すと、父は、

「あんぽんたんって言やあ、一人しかいねえだろ。おまえに茶碗《ちゃわん》投げつけられた唐変木《とうへんぼく》だよ」

と言う。意地でも神名の名前を口にしたくないらしい。

「そうみたい。しばらくあちこち旅したいんだって」

「なにを夢みたいなこと言ってやがるんだか」

父は毒づき、居間からはテレビの音しか聞こえてこなくなった。私は残ったおかずを家の皿に移し、ラップをかける。神名の鍋とタッパーを洗い、畳んだシャツと一緒に紙袋に収めたところで、また父が言った。

「そんでおまえはどうすんだ。あいつを待ってんのか?」

「お父さん!」

びっくりしちゃうなあ、その発想。「演歌の世界じゃないんだから。待つもなにも、神名の出発前に、大喧嘩《げんか》して別れるかもしれないんだし。なるようにしかならないでしょ」

「そんなもんか」

「そんなもんよ」

「一昨日《おととい》、あれだけ派手に騒いだわりには、あっさりしたもんじゃねえか」

たしかに。私はきっと、気が済んだのだと思う。もちろん、これから神名が旅立つまで、何度も何度ももやもやする。悲しくなったり怒ったりして、また喧嘩もしてしまうだろう。神名が私のそばにいなくなってからも、引き留《とど》めなかったことを後悔しては、ちょっと泣くはずだ。

でも、神名にいきなり投げつけられた爆弾の最初の衝撃は、ぎゃーぎゃーわめいてどうにか弾《はじ》き返した。衝撃波は私たちのあいだで拮抗《きっこう》して空中に噴きあがり、ちょうどいまごろ月の表面に小さな砂埃《すなぼこり》が立ったことだろう。それで私はすっきりした。

これからどうなるかわからないが、いまは私たちは穏やかな気持ちでいる。お互いに少し歩み寄り、わかってもらおうと努め、そして理解できたような気がしている。気のせいかもしれないけれど、いまのところそれだけで充分じゃないかしら。

もちろん、衝突しあうのも疲れるし、とりあえずはこのへんで水入りにしておくか、という思いもある。しかしそんなのはいちいち父に説明することでもないから、私は黙って、茶碗の寄せ植えにコップで水をやった。

父は相変わらず野球中継を見続け、私は新聞を読んだ。時間が気になる。台風は夜半にこの近くの海上を通り過ぎるらしい。風が一段と激しくなってきた。ドームの下で行われる野球の試合は、外の天候とは関係なくのんびりと進んでいる。解説者の声にかぶさるように奏でられるスタンドの応援歌も、娯楽に飢えた核シェルターの住民のための催しみたいに、今日ばかりはどこか浮ついて聞こえる。

試合の終わりを待てず、私はとうとう新聞を畳んだ。

「パソコンも置いてきちゃったし、神名んちに戻るね」

父は画面から目を離さず、「ふん」と鼻を鳴らす。私は二階に上がり、木製の雨戸をすべてしっかりと閉めた。雨はまだ降っていない。先触れのような雲の欠片《かけら》が、風に乗って遠くの空をよぎっていた。

迷った末に、靴ではなくやはりゴム草履を履いていくことにした。これならたとえ濡《ぬ》れたとしても、不都合がなくていい。

「気ぃつけていけよ。飛んできた看板を頭で割らねえようにしろ」

父がいつのまにか、居間と台所の境に立っていた。

「冷蔵庫にまだおかずがあるから、明日の朝はそれを食べてね」

玄関の上がり口に置いておいた紙袋を持ち、私は引き戸を開けた。

台風が来るとわかると、なぜ少しわくわくしてしまうんだろう。路地を抜け、早めにシャッターを下ろしだした商店街の手前で脇道に入る。何本目かの街灯の下を通ったとき、居間にあったパチンコの景品の板チョコが、手にした紙袋の中に入れられていることに気がついた。

「おかえり」

神名は寝室の窓にガムテープを貼っていた。このマンションは、ベランダに面した窓以外には雨戸がついていない。

「親父さん、腕はどうだった?」

「折って数日で、そんなに変化はないよ。まだ吊《つ》ったまま」

私は鍋《なべ》とタッパーを、台所の棚に戻す。「いつもながら、おいしかったよ。ごちそうさまでした」

神名にはたびたびご飯を作ってもらっている。彼は「どうせついでだから」と、材料費を受け取ったためしがない。職もなく、旅の準備もあるのに、大丈夫なのだろうか。

「でも神名、無理しないでね。冬まで無職でしょ?」

冬からも無職のままではあるが。「家賃も必要なわけだし」

「ああ、平気平気。出発まで『たんぽぽの汁』を手伝わせてもらうことになってるから、まったくの無収入ってわけでもないんだ」

それは適材適所。神名にしては珍しくまともな判断だ。私は安心した。

「これ、おみやげ」

リビングのローテーブルに、板チョコを置く。神名は「ありがとう」とさっそく手に取り、「歯を磨いちゃったんだよな」と、いま食べたものかどうか、葛藤《かっとう》しはじめる。私はその隣に座った。今夜はもう続きを書くつもりもないので、パソコンはソファーの隅に寄せる。

「まさみちゃんから連絡は?」

「さっき電話してみた。今日も無言電話が五回あったってさ」

神名はチョコレートを食べないことに決めたらしい。名残惜しそうにテーブルに戻した。

窓を閉めきった室内はクーラーに冷やされ、蛍光灯の明かりがいつもより白みを増したように感じられる。大きな雨粒が、なにかの合図みたいに窓ガラスを叩《たた》きはじめた。

壁にもたれて座っている神名は、眠くなったのかさっきから目を閉じたままだ。ときどき、投げだした足の指先だけが、ローテーブルの下で動く。連射される自動小銃みたいな雨音に反応して、神名の足の指はぱたぱたと倒れたり起きたりする。しばらくそれを眺めていると、神名はいきなり「寝よう」と言って立ちあがった。

「え、もう?」

時計を見たら十時前だ。しかし神名はかまわず私の腕を取って引っ張りあげ、寝室のベッドに寝転がった。手を離そうとしないから、しかたなく私も隣に横たわる。神名はすぐに眠ってしまった。私は寝つかれず、薄闇のなかで逆巻く風雨に耳を傾ける。

「あかり、あかり」

と肩を揺すぶられて目が覚めた。薄手のウインドブレーカーを着た神名が、ベッドの脇に立っている。窓の外は夜のまま。台風は相変わらず上空に居座っているようだ。

「なによ……いま何時?」

「二時。これから、まさみちゃんのマンションに行こう」

「連絡があったの?」

私は跳ね起きた。神名は「ないけど」と言う。なんなのよ。気が抜けて再びベッドに倒れこもうとしたのだが、神名は私の両肩をつかみ止め、「起きろ」とさらに激しく振動を加えてくる。

「なんとなく、敵は今夜動きそうな気がする。まさみちゃんのマンションを見張っていたほうがいい」

「こんな天気の夜に、わざわざストーキングする人なんていないって」

「こんな天気の夜だからこそ、だ」

神名は胸を張って断言した。「遊郭《ゆうかく》は……」

「なに?」

単語の意味が頭に入ってこず、聞き返す。

「遊郭。その昔、遊郭は大雨や大雪の日に繁盛したらしいぞ。『こんな天気では、だれも遊びに行かないだろう。今日なら俺も、暇をもてあました綺麗《きれい》なお姐《ねえ》さんたちに歓待されるかもしれない』と、考えることはみな同じだったわけ」

「夜中に人を叩き起こして、突然なにを言い出すの」

半ばは寝ぼけた状態で、ベッドから下りる。服のまま寝てしまったから、スカートのお尻《しり》に大きな皺《しわ》ができていた。神名から、「これ着て」と透明のビニール製の雨合羽を渡される。言われるままに羽織ると、サイズが大きくて脛《すね》ぐらいまで丈があった。

「下心のある自分勝手なやつは、悪天候の日を選んで行動に移すはずだ」

自信たっぷりな神名にせっつかれるようにして部屋を出る。建物から道路に足を踏みだしたとたんに、よろめくほどの風が吹きつけた。

「進行方向に向かって吹いててよかったな」

神名は叫ぶように言うと、まさみちゃんのマンションのほうを指した。雨はたまに塊になって背中を弾《はじ》く。雨合羽の胸元を押さえて進んだ。神名はせめてもの風よけのつもりなのか、私の後ろを歩いた。

二人でまさみちゃんのマンションを見張る意味はあるんだろうか。私が神名の部屋で電話番をしていたほうが、合理的じゃないか？　寝起きの頭がまわりだして、ようやくそう思い至ったのだが、いまさらこの嵐の中を一人で戻るのもいやだ。それに私は、楽しい気分になっていた。車も通らない台風の夜。傘も差せないような突風の中を、必死の形相で歩いてるのなんて私たちだけだ。

まさみちゃんのマンションが見えてくる。二階の部屋の窓には電気がついていない。もう寝てしまったらしい。もちろん、人影など見あたらない。

「どうするの？」

と聞くと、神名はあたりを見回して、道を隔ててマンションのはす向かいにある、木造二階建ての家に向かった。雨戸はすべて閉め切られ、門灯と玄関灯だけが心許《こころもと》ない光を投げかけている。


神名はためらいもなく、腹ぐらいまでの高さの門を開け、その家の敷地内に侵入した。

「ちょっとちょっと！」

声をひそめて呼び止めたのだが、神名はどこか誇らしげに手招きする。まあ、この風なら多少の物音を立てても聞きとがめられることもあるまい。私は歩み寄って、家の壁と塀とのあいだの狭いスペースにしゃがみこんだ神名の頭をはたいた。

「なに考えてんの。人んちだよ」

神名は脳天をさすりながら、私のことも壁と塀のあいだに引きずりこむと、腕をのばして元どおりに門を閉じた。

「ここからなら、マンションの外廊下がよく見えるだろ？」

たしかに、立ちあがって塀の上から少し顔を出せば、まさみちゃんの部屋の玄関まで見通しを遮るものはなにもない。家の壁に遮られて、うまい具合に風も直接吹きつけてはこない。

私たちはしばらく、そこから見張りをすることにした。交互に立って、鼻から上だけを壁の上に出し、異常がないか付近を監視する。神名は中腰にならないと高さが合わないから、つらそうだ。私が交代して見張りに立つあいだ、神名はやれやれとしゃがんで、拾った石で塀の内側に落書きしていた。

「不法侵入の証拠を残してどうすんの」

諫《いさ》めると、神名は立ちあがった。私たちは並んで塀から顔半分を突きだしたまま、ひそひそ声でしゃべる。

「私たちのほうが明らかに不審者だと思う」

「こんな夜は、おまわりさんも見回りしないから平気だよ」

「それほど苛酷《かこく》な天候の夜なのに、ストーカーはまさみちゃんのところに姿を現すの？」

「うーん、たぶん」

神名の自信も多少揺らいできたようだ。風雨に耐えて見張りをしているおかげで、神名のジーンズはぐっしょり濡《ぬ》れている。ゴム草履を履いた私の足も、泥で汚れて酷《ひど》い状態だ。

「俺もさ、あかりと会ったばっかりのころ、大雨の夜には落ち着かなかったんだよ。『いま、あかりんちに行って、窓に小石を投げてみようかなあ。まあ、こんな夜にも来てくれたんだ、って感動してくれちゃったりしねえかな』とか考えてさ」

「怖いだけだよ、そんなの」

なにしろこいつは、わざわざ近所に引っ越してきたぐらいで、ストーカーと似たりよったりなのだ。「神名、たまに思いつめた女子高生みたいになっちゃうアブナイ性格、なんとかしたほうがいいよ」

「いや、実行には移さなかったって。雨降ってるし面倒だし」

神名は弁解した。「だけど、ストーカーくんは絶対、そう考えて実行すると思うんだけどなあ」

私たちは濡れた髪を額に張りつかせたまま、海に棲《す》む妖怪《ようかい》が波間から顔を覗《のぞ》かせて波止場を眺めるかのように、マンションの外廊下を注視しつづける。

どれぐらい経っただろう。もう夜が明けてもおかしくないと思ったけれど、もしかしたらまだ一時間も経っていなかったかもしれない。雲の切れ間に入ったのか、風雨がやんだ。湿ったにおいのする空気の密度が、急に高くなったような気がした。

黒いレインコートを着た男が駅のほうからやってきて、マンションの階段を上がりはじめた。

「神名、あの男！　引っ越しの日に見た男だよ！」

襟足に見覚えがある。私は咄嗟《とっさ》に門を開けて駆けだしていこうとしたが、「まあまあ」と神名に留められた。

「マンションの住人かもしれないだろ？」

「なにを悠長なこと言ってんの！」

言い争ううちにも、男は二階の外廊下に姿を現し、まさみちゃんの部屋のドアの前で足を止めた。

「ほら！　やっぱりあれがリョウタくんだったんだよ！」

男はまさみちゃんの部屋のインターホンを押し、機械に向かってなにか囁《ささや》きかけているようだ。

「もうちょっと様子を見よう。まさみちゃんの友だちとか、嵐が心配で様子を見に上京してきた田舎の兄弟とかかもしれない」

「そんなわけないでしょ！」

男は相変わらずインターホンに向かってなにか言っているが、まさみちゃんがドアを開ける気配はない。

私は物音に気を配る余裕もなく、乱暴に門を開けて道に出た。水たまりに足をつっこんで、盛大に泥水を跳ねあげたけれど、気にしていられない。神名も隠れ場所から飛び出し、一緒に走る。

「ほら、あかり。俺が言ったとおり、ストーカー・リョウタくんは嵐の夜にやってきただろ？」

いいから走れ、と言おうとして振り返る。神名は道路の真ん中に立ち止まって、マンションの二階の外廊下を見据えていた。ウインドブレーカーのポケットから、先ほど落書きに使っていた石を取り出す。そのまま左脚をゆるやかに上げて両手を振りかぶり、鋭く腕をしならせて男めがけて石を投げた。

石は一直線に飛び、男の右肩に過たずヒットした。骨にぶつかる鈍い音が、ここまで聞こえたような気がする。男は左手で肩を押さえ、道にいる私たちのほうを見下ろした。常夜灯に照らされて、驚いた男の表情がかろうじて見て取れた。やはり、引っ越しの日に後をついてきた男だ。

「OH！　レーザービーム！」

神名は満足そうに自分で解説した。あほか。そんなことを言ってる場合じゃない。男は身を翻し、私たちがいる道路とは反対側、奥のほうに向かって外廊下を走って逃げ出した。

「待てー！」

私は怒鳴り、マンションの階段を駆けのぼる。待てと言って待つわけもないのに、なんで待てなんて言っちゃったんだろう。頭の中ではなぜかそんなことを考えている。神名が途中で私を追い抜かし、まさみちゃんの部屋の前を素通りして外廊下の奥まで走っていく。あちらがわにも階段があったのか。下からまわりこめばよかった。

神名は階段の手すりから身を乗りだし、マンションから脱出したらしいストーカーに向かって、「こらー、この迷惑野郎が！　逃げられると思うなよ！」と叫ぶやいなや、いきなり手すりを乗り越えて地面に飛びおりた。

「神名！」

急いで廊下の奥まで駆けつけて下を覗くと、ぴんしゃんして男を追って走っていく神名の背中が見えた。そうだった。三階のベランダから落ちても平気な、頑丈なやつだった。野球で体を鍛えるのも、あながち無駄にはならないらしい、と思いながら引き返し、まさみちゃんの部屋のインターホンを鳴らす。

「まさみちゃん、まさみちゃん、一一〇番して!」

「あかりちゃん!」

ドアが開き、パジャマ姿のまさみちゃんが顔を出した。「怖かったよう」

「もう大丈夫。神名が後を追ったから、すぐ捕まるよ。警察に電話しよう」

騒ぎに気づいて、まさみちゃんの隣の部屋の明かりがついた。私はまさみちゃんを押しこむようにして部屋に入り、警察に電話をかけさせる。まさみちゃんはしどろもどろに事情を説明しようとし、落ち着けと言われたのか、深呼吸をして住所氏名を告げた。男につけられたり、無言電話がかかってきていたことなどを、順を追って話す。それはいいから本題に入ってほしい。神名が心配で、私は部屋の中を歩き回った。食べかけのお菓子の袋が散乱して、すでに前の部屋と同じ状態になっている。

まさみちゃんはようやく、深夜に部屋に男がやってきて、中に入れろと強引に言ってきたこと、いま友だちが男を捕まえようと走って後を追っていってしまったことなどを述べた。

「ナイフを持ってるって。ドアを開けなきゃここで死んでやる、なあ俺と一緒に死んでくれよって、おかしなこと言ってたんです！」

まさみちゃんは涙声で受話器に訴える。なんですって。神名が危ないじゃないか。

「神名がどうしたか、私、ちょっとそのへんを見てくる」

電話を切ったまさみちゃんに、私はそう言った。まさみちゃんは、「私も行く」とパジャマの上に私と同じようなビニールの雨合羽を着込む。迷ったけれど、まさみちゃんを部屋に残しておいて、もしあの男が戻ってきたりしたら大変だ。私たちは連れ立って、神名とストーカー男を探しにいくことにした。

「あの男、やっぱりリョウタくんだった？」

「うん」

まさみちゃんはうなずく。「ドアの覗き穴から見たんだけど、目とか血走っちゃって普通じゃないの。でも声だけは猫なで声っていうの？　すごく怖かった」

私たちは奥の階段を下り、マンションの裏手に出る。また雨が大降りになっていた。

「神名ー」

「カンちゃーん、どこー？」

呼びながら百メートルほど進むと、地上げにあったまままずっと放置されている空き地の中に、神名とリョウタくんがいた。

神名は、「もうしないか」と言っては殴り、「返事が小せえんだよ。今度こんなことしたら、これぐらいじゃすまねえぞ」とすごんでは胸をどつき、草むらに正座させたリョウタくんに鉄拳《てっけん》制裁を加えているところだった。野球部は怖い。

風雨をかき乱すように、サイレンの音が聞こえてくる。まさみちゃんはマンションのほうに戻り、「おまわりさーん、こっちでーす！」と大きく手を振る。

「あれ、警察呼んだの」

神名は空き地の外に立つ私に気づき、リョウタくんの首根っこをつかんで有刺鉄線の合間をくぐった。「やばいな、ちょっと撫《な》ですぎちゃったかな」

リョウタくんは雨だか涙だかで顔を濡《ぬ》らし、鼻血を流してしょんぼりとうつむいていた。

七章

夜半に雨は激しくなり、雷鳴が轟《とどろ》いた。この雷とともに、ノーザンプルは本格的な冬の訪れを迎えるのだ。丘の牧草は冷たく大きな雨粒に打たれてくずおれ、森の木々は吹きつける風に葉を散らした。

そんななか、ハロルドはロイを伴い、密《ひそ》かに丘の墓地を掘り返していた。

「なにもこのような天気の夜に……」

ロイは、泥まみれになって板きれで墓を暴きながらぼやいた。

「このような天気だからいいのだ」

耳ざとく文句を聞きつけたハロルドは、風雨に負けぬよう声を張りあげた。「土も軟らかくなっているし、ひとに見られることもない。早くせよ」

ハロルドは小さなランプをぞんざいにかざして急《せ》かすのみで、手伝う素振りもない。必死に掘り進めたロイは、ようやく固い手応《てごた》えを感じた。

「棺《かん》に行き当たりましたぞ!」

二人は夢中になって手で土をかき分け、棺の蓋《ふた》をずらした。甘いような腐臭が、雨に湿った土のにおいと混じりあい、漂った。

「なにかお探しですか」

ふいに後ろからかけられた声に、ハロルドとロイは飛びあがらんばかりに驚いた。振り返ると、マントのフードを目深にかぶった黒ずくめの男が立っていた。

「ウォリック……?!」

とっさに立ちあがったハロルドは、震えながら腰の剣に手をかけた。ランプがひっくり返り、火が消えた。あたりは闇に包まれる。雨音と、かたわらで腰を抜かしたロイの荒い息づかいだけが聞こえる。まさか。ウォリックは死んだ。この足もとに、半分だけ露出した棺の中に、腐乱した屍《しかばね》となって横たわっているはずだ。

稲光が走り、黒ずくめの男が剣を抜き払うのが、細切れに目に映った。間を置かず、轟音《ごうおん》とともにすぐ近くの森の木に落雷があった。ハロルドは目前で一閃《いっせん》した青白い輝きを見た。また雷か? いや違う。この風の音はなんだ? 嵐の夜のはずなのに、まるでそよ風のように、俺の首から……。

握っていたはずの剣は、いつのまにか土の上に落ちていた。ハロルドは眼前に立つ男につかみかかった。再び稲光が空を走り、彼はフードの中の顔をまざまざと見た。

「シャン……」

喉《のど》もとから血を噴きだしながら、ハロルドは前のめりに地面に倒れ伏した。黒ずくめの男が持つ、青白く輝く剣の切っ先から、自分の血が水滴と混じって薄赤く滴る。それが、ハロルドの目が最後に映した情景だった。

シャンドスは聖剣を一振りし、這《は》いつくばって逃げようとするロイを追いかけた。大股《おおまた》で歩み寄り、物も言わずに無防備な背中に切りつける。致命傷は与えない。シャンドスは痛みと恐怖で失神したロイを担ぎあげ、丘の下で待っていた愛馬パーシヴァルに乗せた。自分も鞍《くら》に跨《またが》り、豪雨の中を走る。

川のほとりで馬を止めたシャンドスは、ロイの腕に、ハロルドの紋章が入った籠手《こて》を巻いた。一回目の野盗の襲撃のときに、回収しておいた品だ。これで、ロイの身許《みもと》がすぐにわかるだろう。ベルトには、オリハルコンの剣をしっかりと提げさせた。

準備が整うと、シャンドスはロイの髪を鷲摑《わしづか》みにして、川面《かわも》に頭を押しこんだ。もう片方の手は彼の首筋に添え、冷静に脈を計る。気を失っていたロイが息苦しさに手足をばたつかせ、すぐに静かになった。シャンドスは掌《てのひら》に脈が感じられなくなったのを確かめて、死骸《しがい》から手を離す。ロイはあちこちで岸に引っかかりながらも、増水した川を押し流されていった。

シャンドスはもう振り返りもせず、パーシヴァルに乗って城へ戻った。雨がすべての痕跡《こんせき》を消してくれるだろう。


城の礼拝堂に、ハロルドの遺体は安置された。何者かに殺害された客人の姿が、掘り返され棺をこじ開けられたウォリックの墓の前で発見されたとあって、城は朝から大変な騒ぎだった。

「あんな嵐のなか、パーシー卿《きょう》は墓地でいったいなにをなさっていたのでしょう」

老練な城の執事フィリップも、さすがに首をかしげるほかなかった。ハロルドの遺体の前で泣き伏すキャスリーンを、アリエノールはかける言葉もなく虚《うつ》ろな表情で眺めた。ハロルドの死体が墓地で見つかったと報告を受けたときから、アリエノールの心には打ち消しようのない疑惑が渦巻いていたのだ。

礼拝堂の扉が開き、マリエとシャンドスが入ってきた。

「姫さま。いま、ロイ殿のご遺体が門前に。今朝、川の下流に住む村人が発見して、城の客人だろうということで、運んできたそうです」

「彼に間違いないのですか？」

アリエノールの問いかけに、シャンドスが答えた。

「確認しました。それから、ロイの腰に、この剣が」

差しだされた聖剣を見て、アリエノールは唇を嚙《か》んだ。フィリップが驚きの声をあげる。

「こりゃあ、ウォリックさまの剣ではありませんか！」

「状況から考えると」

と、老人を遮るように、マリエが話しだした。「どうやらこの剣が目当てで、ハロルドさまはウォリックさまのお墓を暴いたようですね。ところが、ロイ殿とのあいだで、なにか諍《いさか》いがあったみたい。棺の蓋が開いていたことと、ハロルドさまのそばに、ご自身の抜き身の剣が転がっていたことからも、明らかですわ。二人は斬りあいになり、主《あるじ》を殺したロイ殿は、背中に深手を負いながらも、棺からこの剣を盗んで逃げたのでしょう。その途中で、足をすべらせて川に落ちたものと思われます。ずいぶん水を飲んでいるようでした」

「しかしなぜ、この剣が？」

フィリップが疑問を呈した。それは、「なぜこの剣がウォリックとともに墓に埋葬されているのか」という問いだったのだが、シャンドスはわざと取り違えてみせた。

「執事殿、この剣は『聖剣』として、宮廷のだれもが欲しがっていた有名なものなのです」

「うそだわ！」

キャスリーンが叫び、シャンドスを糾弾した。「この男にだまされないで！　あなたが殺したくせに！」

「わたしが？」

シャンドスはわずかに笑みを浮かべてみせた。「なにか証拠がありますか？」

「ひとでなし！　わたしはこんなことは望んでいなかったわ……！」

キャスリーンはハロルドを覆った布を剝《は》ぎ取った。まだ着衣を雨に濡《ぬ》らしたまま、喉もとに赤い肉をぱっくりとのぞかせたハロルドが、濁った目を天井に向けていた。

「マリエ」

アリエノールは無惨な姿になったハロルドを凝視しながら、背後の侍女に声をかけた。「キャスリーンさまをお部屋にお連れして。あまり興奮なさるとよくないわ」

キャスリーンはマリエになだめられながら、礼拝堂から出ていった。シャンドスは、自分のかたわらを行きすぎるキャスリーンに低く告げた。

「ひとの誇りを傷つけた代償を、ハロルドは命で支払ったのです」

キャスリーンの涙に濡れた血走った目と、シャンドスの深く激しい感情を押しこめた目が交錯し、扉が閉まることで断ち切られた。

「年のせいですかなあ」

フィリップが間延びした声をあげる。「わしはどうも記憶が不確かなんですが、埋葬のときに、この剣をウォリックさまの棺にお納めしたでしょうか」

「したわ。忘れてしまったの、フィリップ」

アリエノールは執事に背を向けたまま答えた。「それよりも、ハロルドさまとロイの棺の用意を。急いでロンドンにお送りしなくては」

「おお、そうでしたな」

フィリップも出ていき、礼拝堂にはアリエノールとシャンドス、ハロルドの死体だけになった。

シャンドスは台の上の死体に元どおり布をかけ、アリエノールの視界から隠した。

「なんてことを……」

アリエノールはうめいた。シャンドスはいつもと変わらぬ態度で、静かに彼女に向き直った。

「あなたはなんて恐ろしいことをなさったの！」

「わたしが望み、わたしがしたことです」

シャンドスは言い、嗚咽《おえつ》に震えるアリエノールの肩を抱き寄せた。

「いいえ……!」

アリエノールはシャンドスの胸に額を押し当て、子どものように泣いた。「わたしも同罪です。わたしの望みのために、あなたが手を汚すことになったのよ……」

「では、あなたの罪はすべてわたしが持っていきましょう」

シャンドスはアリエノールの頬にそっと手を当て、彼女の唇に接吻《せっぷん》した。アリエノールの目が、すぐ近くで自分を映す。翠《みどり》の瞳に午後の光が灰色の影を作っている。故郷の海にも似た、懐かしい色だ、とシャンドスは思った。

アリエノールがゆっくりと手を上げ、シャンドスの頰の傷を指先が優しくなぞった。

「これ以上、なにを失うつもりもありません。どうぞ罪をお返しになって」

アリエノールは囁《ささや》く。「わたしたちの秘密と罪は、わたしたちが分け持つもの」

アリエノールの唇が、シャンドスの唇を優しくかすめた。

「息絶えるまで、二人で抱えていくものです……」

二人は長いキスをかわした。ようやく唇を離したとき、混じりあったお互いの罪は、等分に分かたれた。

「すぐに逃げて。これであなたは、パーシー家から命を狙われる立場になったわ」

しかしアリエノールの両腕は言葉とは裏腹に、シャンドスの背を離れがたい思いで抱きしめていた。「こんなとき、あなたを愛していると言えたらいいのに……。でもわたしには言えないんです」

愛がどんな形をしているのか、暗闇の中で輪郭を辿《たど》るようで、アリエノールにはどうしてもわからないままだった。たまに雲が切れて月の光が淡く愛を浮かびあがらせるけれど、すぐにまた見失ってしまう。

はじめからシャンドスと結婚していたら、ためらうことなく愛していると告げられたのだろうか？　わたしは彼と穏やかに語りあうのが好きだった。あの婚礼の夜からずっと。アリエノールは、いまさらどうにもならないことだとわかっていて、そう考えずにはいられなかった。

シャンドスはアリエノールの金色の髪を撫《な》でた。これほど満ち足りた気持ちになることがあろうとは、彼は船に乗っていた幼いころから、想像すらしたことがなかった。

「わたしたちは……あなたとウォリックとわたしは、短いあいだですが、穏やかに暮らしましたね、アリエノール。幸せや愛というものは、きっとこういう形をしているのです。わたしはここであったことを、ずっと忘れないでしょう」

シャンドスは跪《ひざまず》き、アリエノールの手を取って甲に軽くくちづけした。一番最初に、ウォリックがアリエノールにそうしたように。

「どうぞ未来のノーザンプル領主と、息災にお過ごしください」

ハロルドの棺《ひつぎ》を屋根に乗せた馬車が、曇天の冬空の下、ロンドンを目指して丘を越えていく。アリエノールは両脇に立つマリエとフィリップとともに、行列を見送った。アリエノールの前を通り過ぎ、城門を抜けるときにも、馬車に座ったキャスリーンはうつむいたままだった。

シャンドスはその前日に、城の者たちに別れを告げて旅立っていった。ハロルドの配下が何人か追っ手となって馬を走らせたようだが、彼の行方《ゆくえ》は杳《よう》として知れない。シャンドスがノーザンプルの地に戻ってくることは、その後二度となかった。

「昨夜はとても懐かしい夢を見たの」

夏至《げし》の晩を祝って、城の中庭には例年のように多くの領民たちが集っていた。焚《た》き火を囲んでおしゃべりに興じたり、気になる相手にダンスを申し込んだり、古い恋の唄《うた》をしゃがれ声で歌ったり。みんな、思い思いに一年で一番短い夜を楽しんでいる。

「どんな夢ですか、母上」

今年十二歳になる少年が、かたわらに立つアリエノールを見上げて尋ねた。

「あなたのお父さまの夢よ、ウォリック。伝説の聖剣を携えた騎士ウォリックと、その盟友のシャンドス殿」

「またその夢かあ」

生意気盛りの少年は、口を尖《とが》らせてみせた。「母上はいっつも、父上とシャンドス殿の夢ばかりですね」

「あら、いいじゃない」

アリエノールは朗らかに笑った。「夢って不思議ね。亡くなった人とも、いまはここにいない人とも、距離も時間も関係なく会うことができるんですもの。わたしはゆうべの夢の中で、ウォリック——あなたじゃなくて、あなたの父上のことよ」

「いちいちおっしゃらなくても、わかってます」

少年は肩をすくめた。アリエノールは、少し拗《す》ねてしまった息子の頭を撫でた。

「夢の中で、ウォリックとシャンドス殿と一緒に、馬で冬の森に行ったのよ。木の枝という枝に雪が柔らかく積もっていて、花が咲いたみたいに美しかった。きらきら輝く雪面に残された鹿の足跡を追って、わたしたちは三人で、どこまでもどこまでも森

ったというのに。

そう、本当に夢は不思議だ。彼らとこの地で冬を過ごすことは、ついに一度もなかった。

「ぼくも昨日、狩りの夢を見ました」

少年は嬉《うれ》しそうに目を輝かせた。「ヴィンスと一緒に、西の原でウサギを追ったんです。ヴィンスは服を泥だらけにして、またマリエに怒られるって嘆いてた。おかしかったな」

「あら、その夢も楽しそう。今夜はわたしも、あなたとヴィンスと一緒に狩りをする夢を見ようかしら」

「夢じゃなくても。母上も今度、ぼくたちと一緒に狩りに行けばいい」

「マリエに怒られちゃうわ」

「太ったウサギを捕まえて帰れば大丈夫」

「素敵」

明るく請け合う息子の頬に、アリエノールは愛情をこめてキスをした。

「姫さま、ウォリックさま」

三十路《みそじ》になってすっかり肉のついたマリエが、焚き火のほうからやってきた。厩舎《きゅうしゃ》番のピーターと結婚した彼女は、いまや男女あわせて五人の子どもの母親だった。マリエは、長男のヴィンスの耳を引っぱっていた。またなにか悪戯《いたずら》をしたのだろう。ノーザンプルの次期領主である少年は、親友の姿を見て笑顔で駆け寄った。

「今度はなにをしたんだい、ヴィンス」

「ウォリックさま！」

ヴィンスも、自分の耳をつまむマリエの指から逃れ、少年の肩を親しげに小突いた。

「俺、すごいもんを見たんですよ。川べりの茂みで、鋳物《いもの》屋の娘と大工の息子が……」

「ウォリックさまに余計なことをお言いじゃないよ」

マリエは息子に拳骨《げんこつ》を食らわせた。そしてアリエノールに向き直る。

「姫さま、あちらで吟遊詩人が演奏をはじめるようですよ」

「まあ大変。もう前のほうの場所は埋まっちゃったかしら？　行きましょう、ウォリック。ヴィンスも」

ひそひそ話をする少年二人の背を軽く押して促し、アリエノールは中庭の中心に向かう。マリエもすぐ後に従いながら、いつまでも変わらないアリエノールの美貌《びぼう》と姿態を感嘆の思いで眺めた。

アリエノールは、少年たちとなにか言葉を交わしながら微笑んでいる。姫さまは幸せそうだ。それも当たり前。一人息子のウォリックさまが、聡明《そうめい》で勇敢な若者にお育ちなんだもの。マリエは満足のうちにそう考える。

次期領主となる少年は、同じ名を持つ彼の父親のように、青い瞳をしていた。しかし少年の髪の毛は、母であるアリエノールとも父である聖剣の騎士ウォリックとも違い、夜空のように深い闇色だ。マリエは少年の上に、彼女の女主の胸にかつて嵐を巻き起こして去っていった、二人の騎士の面影を追う。

真実がどこにあるのかなど、マリエにとってはどうでもいいことだった。ありえないとわかっていても、マリエは信じている。ウォリックさまは、姫さまと聖剣の騎士ウォリックとシャンドスの子なんだわ。信頼と愛で結ばれていた三人が、ウォリックさまという命を神から授けられたんだわ、と。

城仕えの者たちも、領民たちも、みんな未来の領主である少年ウォリックを愛し、大切に見守り育てている。それだけで、まったく充分ではないか。

その晩、吟遊詩人が語り唄《うた》ったのは、北方の海を船で渡る、荒くれ者たちの冒険譚《たん》だった。哀切を帯びた異国風の調べに乗せて、吟遊詩人は彼らの活躍を、声で鮮やかに観客の前に現出させる。

ときに荒れ狂う波を砕き、ときに鏡のように凪《な》いだ満月に照らされる海を越え、船乗りたちは旅をする。大商人の積み荷を略奪して沿岸の貧しい村に分け与え、海上で血気にはやる同じような荒くれ者と遭遇すれば、負け知らずの剣を振るう。故郷の町並みを忘れるほどの年月が経とうとも、彼らは飽かず、まだ見ぬ港を求めて針路を定めるのだ。

吟遊詩人のまわりに集った人々は、次々に唄われる物語に耳を傾け、拳《こぶし》を握ったり笑ったりした。特に二人の少年は、荒くれ者たちの頭領の強さに夢中だ。吟遊詩人が唄う情景に入りこんだかのように体を揺らし、嵐の海を乗り切ったり、敵と切り結ぶ動作をしたりする。

一党を率いる頭領は、頬に引きつれた古傷があり、雷のように激しく鋭い剣技を体得した黒髪の男だ、と唄いあげられたとき、マリエは思わず隣に座るアリエノールを見た。アリエノールは夢見るような表情で唄に聞き入っていた。その口もとに、薄青い昼間の空に細い三日月を見つけたひとのごとく、ほのかな笑みが浮かんだ。

「母上！　ぼくはきっと船乗りになりますよ」

興奮冷めやらぬ体《てい》で、少年は耳にしたばかりの冒険の物語を反芻《はんすう》する。中庭にいる人々は、これから夜通し夏至の宴《うたげ》を楽しむために、また新たな酒樽《さかだる》を運びこんでいた。

アリエノールは息子をからかう。

「昨日までは、早く騎士見習いになりたいって言ってたのに」

少年はちょっと考え、

「騎士にもなりたいや」

と言った。「騎士になって、それから船に乗るんです。父上の形見の剣と一緒に、海を旅するんだ」

「俺を忘れてもらっちゃ困ります、ウォリックさま」

ヴィンスが横から口を出した。少年は「もちろん」と笑った。

「ヴィンスも一緒さ！」

「さあさあ」

マリエがまたもや、ヴィンスの耳をつまみあげる。「いくら夏至の夜だといっても、子どもは寝る時間ですよ。そろそろ寝床に入らなきゃ」

中庭を横切って去っていくマリエと、抵抗かなわず引きずられていくヴィンスを見送り、アリエノールは息子に言った。

「あなたももう部屋に行かなければね、ウォリック。今夜は船乗りになった夢を見なければいけないんでしょ？」

「うん！」

ウォリックは、今夜だけは眠るのも楽しみとばかりに、力強くうなずいた。「母上、部屋まで一緒に行ってくれますか？」

「あなたが寝つくまで、ベッドのそばに座っているわ」

親子は手をつないで中庭から城の中に入り、石造りの階段を二階へ上がった。少年の小さな寝室は、アリエノールの寝室の隣だ。境の壁にある扉は、いつも開けられている。だから少年は安心して、五歳のときから一人で寝ていた。たとえ悪夢にうなされても、少年が小声で呼べばアリエノールはすぐに気づいてやってきて、再び眠りにつく決心がつくまで子守歌を歌ってくれるのだ。

「ねえ、母上。母上も船乗りになりたいと思いませんか？」

ベッドに入った少年は、椅子を引き寄せて腰かけた母親に話しかける。

「いままでは思ったことなかったわ。でも今夜から、わたしの夢は船乗りよ」

「あはは」

と少年は無邪気な笑い声をあげた。アリエノールは横たわった息子の腹のあたりを、眠りを誘うリズムでぽんぽんと優しく叩《たた》いてやる。

「てんで子ども扱いだなあ。ぼくはもう十二です」

少年は寝返りをうって横向きになった。ベッドの脇の小卓の上で燃える蠟燭《ろうそく》が、思いがけなくおとなびた陰影を少年の顔に刻んだ。

「失礼、ぼうや」

と言って、アリエノールは手を引っこめる。

「母上、ぼくは騎士見習いになって、じきに独り立ちするでしょう？　そうしたら母上はノーザンプルを出て、父上に会いにいくこともできる」

アリエノールは息子の顔をまじまじと見つめた。

「あなたのお父さまには、この地上にいるかぎり会えないのよ。丘の上の墓地で眠っているわ」

「北の海に行ったら？　地上では無理でも、海でなら会えるかもしれません」

少年は訳知り顔で囁《ささや》く。アリエノールが「夢の話？」と問うと、彼は「夢の話です」と言った。

「そうね……わたしの夢の話をしましょうか」

アリエノールは屈《かが》みこんで、ベッドの上の息子に頰を寄せた。「わたしはいつか、北の海に行って、荒くれ者たちの頭領と激しい恋に落ちるのよ。そして彼と一緒に広い海を旅するの」

少年は、自分の顔の前に帳《とばり》のように下りてきた母親の金の髪を、幼いころと同じ仕草で大切に指に絡めた。二人は顔を見合わせて、くすくす笑った。

「愛してます、母上」

少年は心からそう言った。

「わたしもよ、ウォリック」

母親の優しいキスが額に落ちた。少年は満たされた思いで目を閉じる。すぐに潮騒《しおさい》の音が遠くから聞こえ、気がつくと彼は波を分けて進む船に乗っていた。

舳先《へさき》のほうで、母親が楽しそうに笑いながら手招きしている。母の隣には、黒ずくめの男が立っていた。逆光で顔は見えないが、彼こそが荒くれ者たちの頭領だと、少年はすぐにわかった。その男が、穏やかな笑みを浮かべていることも。

いつか会える。少年は夢の中で思った。だれがだれにともわからぬままに、彼は確信していた。

いつかまた、きっと会えるんだ。

完

七日目

大通りでタクシーを下り、神名《かんな》と私は早朝の路地をよろよろと歩く。台風は夜明けとともに去っていき、流れていく厚い雲のあいだから、白っぽい日の光が射す。

とてもくたびれていたので、私たちは駄菓子屋の店先にある自動販売機で冷たいお茶を買って、神社の境内で休んでいくことにした。

下ろされたシャッターの向こう、まだ眠っているのだろう百合のことを考える。この一晩の出来事を話したら、彼女はきっと笑って喜び、それから自分がその場に居合わせなかったことを悔しがるはずだ。

私たちは警察署まで連れていかれ、詳しい事情を個別にあれこれ聞かれた。もちろんそんな体験は初めてで緊張したけれど、ドラマで見るように机を叩《たた》かれたりすることもなく、中年の警察官は私の話に穏やかに相槌《あいづち》をうった。

神名はリョウタくんを殴ってしまっていたから、もっとつっこんでいろいろと聞かれたらしい。だが、反省の意を示したストーカー男・小山良太くんには、傷害の被害届を出すつもりがないということだったので、私たちは六時前に警察署の建物を出ることができた。そしてタクシーに乗って、ようやくここまで帰ってきたのだ。

「また呼ばれて話を聞かれたりするのかな」

「するんじゃないか」

私たちは境内のベンチに並んで座り、背もたれにぐったりと身を預けた。生乾きの洗濯物と同じにおいがするので、ウインドブレーカーと雨合羽は隣のベンチに広げて干してある。

「でもよかったよ。これでまさみちゃんも安心できるな」

リョウタくんの供述によれば、クマのリョウタにはなんと本当に盗聴器が仕掛けられていたという。まさみちゃんは、クマを調べる警察官と一緒に、パトカーで部屋まで送られていった。

台風は過ぎたといっても、まだまだ風が強い。境内には木の枝が散乱し、犬を散歩させる人の姿もない。家までもうちょっとの距離だというのに、私たちは立ちあがる気力もなく、風に吹かれながらお茶を飲んだ。

神名は「そうだ」とウインドブレーカーのポケットを探り、昨晩の板チョコを取りだした。食べ物を持ってきていたことを、もうちょっと早くに思い出してほしかった。私は貧血寸前に目が回っていたのだ。血糖値を上げなきゃいけない。板チョコを真ん中で折って分け、神名と私はもくもくと食べる。

少し落ち着いてから、神名がつぶやく。

「腕がおちたなあと思った」

「なんの話?」

と聞くと、神名は「これだよ、これ」と、なにかを投げる手振りをしてみせる。

「本当は、あいつの頭にぶつけてやるつもりだったのに」

「頭じゃあ、当たり所が悪かったら死んじゃうよ。肩でよかったんだよ」

早送りの映像みたいに、灰色の雲が形を変えながら東の空に流れていく。そんな強風のなかを、鳥が飛ぶのが見えた。

その鳥は、飛ぶというよりは風に流されるようにして、ほとんど羽根を動かさない。空中で溺死《できし》しかけているような様子だ。濁流に巻かれてなすがままに身を委《ゆだ》ね、たまに沈みそうになると、慌てて浮かびあがってまた流れに乗ろうとする。

朝の光に抗《あらが》いきれず、ねぐらの木から飛び立ったんだろうか。飛んでいる鳥など、他に一羽もいないというのに。餌になるようなものは、みんなどこかへ吹き飛ばされてしまって見つからないだろうに。

あの鳥はゆうべ、どうやって嵐をやり過ごしたのだろう。どうしていま、無謀にも翼に風を受けることにしたのだろう。そんなことが、なぜだか気になってしょうがない。とても疲れて、眠くてたまらないからだ。

鳥は湧きたつ雲の手前を大きく横切って、建ち並ぶ古いビルの狭間《はざま》に消えていった。隣を見ると、神名も鳥の行き着く先を目で追っていたようだった。

「会いたいと思ったらどうすればいい？」

と私は聞いた。

「ん？」

「たとえば、神名が手紙をくれたとしても、私が手紙に書かれた国へ行ったときには、神名はもう別の場所にいるでしょう？」

神名は少しまぶたを伏せ、眠ってるのか考えてるのかわからない表情をした。

「夢で会う」

と、やがて神名は答える。

たしかに、疲労と眠気でもう限界だった。

「帰ろうか」

私たちはどちらからともなく言い、重い足を引きずって家路についた。私の家の前まで来ても、神名は「じゃあまた」とも「着いたよ」とも言わなかったので、神名の部屋まで行っていいんだと判断する。居間の窓から、父が見ているのだろう台風の被害を伝えるニュースの音が漏れ聞こえていた。

マンションにたどり着いた私たちは、交代でシャワーを浴び、クーラーをきかせてくっつきあって眠った。途中で一度目がさめると、神名はベッドに背を預けるようにして床にしゃがみ、芋の煮っ転がしをつまみに缶ビールを飲んでいた。

私はベッドに寝そべったまま、神名の肩越しに、飢えと渇きを訴える胃に猛然と食べ物を送りこむさまを眺める。そっと神名の髪を撫《な》でると、神名は振り向いた。差しだされた芋とビールを、私もベッドに座って食べた。

「出前でも取る?」

と、神名はベッドに上がりこみながら聞く。

「いい。まだ寝るでしょ?」

「うん」

「おなかがいっぱいになって寝たら、そのまま目が覚めなくなっちゃいそう」

私の言葉に、神名は少し笑った。窓に貼られたガムテープの影が、横たわった二つの体の上で交差していた。

私たちはまた深く眠る。

午後に起きだした神名は、『たんぽぽの汁』の仕込みを手伝うと言って部屋を出ていった。私はそれからノートパソコンに向かい、いま、アリエノールの物語の最終章を書き終えたところだ。窓の外はすっかり暗くなっている。カーテンを引き、電気を点《つ》ける。なるべくロマンス小説らしい展開を心がけたけれど、佐藤さんは納得しないだろう。彼はきっと、「やり直し。ちゃんと翻訳してくださいね」と穏やかに言って、「ちょっと失礼」と胃薬を飲む。そのときの声色や表情まで、たやすく想像できてしまう。

なにくわぬ顔で、できあがっているものを送って時間を稼ぎながら、創作した部分の翻訳作業をしようか、とも思った。だが迷った末に、佐藤さんへのメールにはこう書くことにする。

佐藤隆文様
お世話になっております。

ご依頼いただいていたものですが、実はまだ翻訳が終わりません。あと五日ほどお時間をいただけませんでしょうか。最初に言っていた期日から大幅に遅れることになってしまって、申し訳ありません。

設定書きだけ、先にファックスします。

アリエノールとウォリックは、友シャンドスの死を乗り越え、オリハルコンの剣に導かれるようにしてハロルドの陰謀を打ち砕き、夏至の夜に大団円を迎えます。

以上、ご迷惑をおかけしますが、よろしくお願いいたします。

ヒーローとヒロインの名前、年齢、身体的特徴、だいたいの性格を表にして、レポート用紙に書きこむ。物語の舞台となる場所と時代、季節、登場人物たちの主人公との関係も、簡単に説明する。そうして出来上がった設定書きを、コロンバイン・ロマンス編集局にファックスした。ほぼ同時に、書いておいたメールも佐藤さんに送信する。

これでよし。ぎりぎりの締め切りまでには、まだ少し時間があるはずだし、設定書きさえあれば、佐藤さんが前もって表紙の絵を選ぶときなどにも、参考にすることができるはずだ。

実際にはこれから翻訳をし直さなければならないというのに、私は一仕事終えたような気になって、自分で書いた捏造《ねつぞう》ロマンス小説を読み返した。

電話が鳴る。自動的に留守番電話に切り替わり、スピーカーから神名の声が流れた。

「あかりー、いるか?」

私は受話器を取る。

「いるよ。どうしたの?」

「出てこない? 豚の角煮がすっげえうまくできた。お客さん大喜び。俺、料理の才能あるかもねー」

「すぐ行く。取っておいて」

『たんぽぽの汁』は、今日ものんびりと営業していた。神名はふだんどおりの格好をして、前掛けもつけずに店の中を動きまわっている。彼は私の前に角煮の入った小鉢を置くついでに、テーブル席の客の注文を取った。

「活躍したみたいだね」

ビールのジョッキを渡してくれながら、大迫さんが言った。

「私じゃなくて、神名が。リョウタくんの気が変わって、傷害で訴えられてもしょうがないかも」

「相手はナイフを持ってたんだろ？　事情が事情だし、大丈夫じゃないかな」

大迫さんに、「カンちゃん作だよ」と角煮を食べるよう勧められ、箸《はし》をつける。柔らかくて味がきちんと染みこんでいる。たしかにおいしい。砂糖の量を抑えてあるらしく、お酒のつまみにちょうどいい辛さだ。口の中で脂身がまろやかに溶けていく。

反応をうかがっている神名に、角煮のおかわりと茄子《なす》の鴫《しぎ》焼《や》きを頼んだ。

「今日は、まさみちゃんは？」

「来てないよ」

と大迫さんが、テーブル客の勘定を古いレジスターに打ちこみながら言った。このレジスターは、とんでもないときに「チーン」と勝手に開いては、居合わせた客を驚かせる。

「さっき電話はあった」

神名がカウンター越しに腕をのばして、角煮の小鉢を再び置く。「『やっと安眠できる』ってさ。鴫焼き、もうちょっと待って」

最後に梅茶漬けをさらさらと腹に収め、私は席を立つ。ちょうど客の波が引いたところだったので、神名が途中まで送ってくれた。

二軒目の店を探す飲み客たちがそこここにたむろし、夜の商店街は賑《にぎ》わいでいる。

「仕事終わった？　なんかすっきりした顔してる」

と、神名は言った。

「終わってない。でも、ちっとも翻訳じゃない例の代物なら出来上がったよ」

神名は「おおー」と言って、腕を掻《か》いた。

「どうなんの、シャンドスとアリエノールは」

「シャンドスは城から去ってしまう」

「それで？　二人はまた会えるのか？」

「さあ、どうでしょう。神名はそのほうがいいの？」

「うーん、お話の中でぐらいはね。そういう結末がいいでしょ」

私はくすりと笑った。

「少女趣味」

神名はちょっとむっとしたようだ。

「俺はね、あかりとつきあってつくづくわかったよ。女ってシビアだ。甲子園を目指して毎日泥まみれで球を追ったりするの、絶対に理解しないんだ」

そんなことはありません。私もだれに読ませるあてもないのに、ロマンス小説を捏造してるぐらいだから。

隣をぶらぶらと歩く神名の手を取る。

「『待っててくれ』とか言わないの？」

「なんじゃそりゃ。ご機嫌とってるつもりか？」

神名はつないだ手はそのままに、「あかりが、『行っちゃいやだ』って言ったらね」

と、嘯《うそぶ》いた。

お互いに愉快な気持ちになっていることを感じながら、商店街と住宅街の境の十字路で私たちは別れる。

「今日は家に帰る」

私は神名の掌《てのひら》に、マンションの鍵《かぎ》を渡した。

「部屋にパソコンを置いたままだから、最後が気になるなら勝手に読んじゃっていいよ」

「読む。読みたい」

と神名は言った。「また明日な、あかり」

しばらく進んでから振り返ると、店のほうに戻っていく神名の背中が見えた。

一緒にいよう、神名。冬までは。それから先はわからない。待つという行為は、ちっとも優しくも穏やかでもないものだと思うから。

変わってしまう。形も心も。だからいい。お互いに見分けもつかないぐらい変化してしまったとしても、いつかまた会える。そう思っておくのが、いいだろう。

もう振り返らずに、路地に入った。

神名は物語の結末を気に入ってくれるかしら。気に入ってくれるといい、と私は思う。

さあ、銭湯に行ってから、原書を読まなきゃならない。ウォリックとアリエノールが、今度こそ私に訳されるのを待っている。でもこの時間だと、銭湯には百合がいるかもしれない。まずは風呂《ふろ》上がりにラムネを飲みながら、昨夜、神名と私がどんな活躍を見せたか彼女に話してあげなくては。

台風が塵《ちり》を全部どこかへ運び去っていったから、今夜は星がよく見える。

私は「ただいま」と言って、玄関の引き戸を開けた。

あとがき

本文の最初のほうをパラパラッと見て、「チッ、なんだよ歴史物かよ」と思われたかた、歴史物じゃなく現代の恋愛物なので、安心して購入し、読み進めてみてください。逆に、「あとがき」の一文目を読んで、「チッ、歴史物だと思ったのに恋愛物なのかよ」と思われたかた、歴史物とも恋愛物とも言い切れぬ話なので、安心して購入し、読み進めてみてください。「おいおい、どっちなんだよ」と煮え切らぬ思いにとらわれたかた、ジャンル分けなどという枠組みは俺には不要なので（大きな物言いをしてみた）、どうぞ安心して購入し、読み進めてみてください。

「恋愛小説を」というご依頼をいただき、なけなしの我が恋愛アビリティーを振り絞って、この物語を書いたのだが、なんだか「燃えるような恋」とは程遠い内容になってしまったような気がする。

私が考える「恋人」というのは、「酔っ払った深夜の帰り道、ふともの悲しい気持ちになったときに、携帯電話でなんの気なしに連絡を取れる相手」のことである。「ごめんね、もう寝てた？　なんか声が聞きたくなったんだ」、なーんちゃってさ（ドリーム）。しかし、神名とあかりには携帯電話を持たせなかった。現代では逆に、少し不便でもどかしいぐらいのほうが、恋の妙味を堪能《たんのう》できるのではないか、と思ったためである。などと、もっともらしいことを言ったけれど、実はただ単に意地悪で持たせなかっただけだ。

男女の恋愛の行き着く先がどこにあるのか、私にはよくわからない。新鮮な展開や度肝《どぎも》を抜く結末が、広い世界のどこかにはあるのだろうか？　あるといいと思うが、たぶんないんだろう。ものすごくわかりやすい「恋愛の着地点（＝結婚）」へのアンビバレントな感情が、私のロマンス小説愛好傾向につながっている気がする。

翻訳作業については、斎藤嘉久さん、柿沼瑛子さんに教えていただきました。どうもありがとうございます。言うまでもないことですが、もちろん実際の翻訳者は、あかりのようなことはしません。すみません。

……まだまだページがある。

二〇一三年から、本書のカバーをリニューアルすることになった。新カバー用に、annasさんがかわいくてロマンティックな刺繡のボタンを作成してくださった。annasさん、本当にどうもありがとうございます！

旧カバーは、こなみ詔子さんが描いてくださった神名とあかりの絵だった。凜とした二人を造形していただいたこと、改めて御礼申しあげます。

旧カバーを描いていただく際に、こなみさんから、「神名とあかりの外見（髪型や身長など）」について尋ねられてはじめて、自分が登場人物の容姿をあまり考えずに書いていたことに気づいた。ひとしきり、心の中にある二人の面影（？）を追ってはみたのだが、「髪の毛は……長からず短からず……身長は低くはない、ような……」などと、「霊能力もないのに幽霊を見ようと励んでみました」的なことしか言えない役立たずぶり。FAXしていただいた下描きを拝見して、「うわ、神名ってこんなにかっこいいんだ〜。つ・き・あ・い・た・い！」と心底思った。

登場人物の外見は朧気《おぼろげ》なイメージしかないままに書いちゃうのだが、性格や言動については、読者の方に「こういう人とつきあいたい！」と思っていただけるよう、自分なりの最善を尽くす。それが、「恋愛小説を」とのご依頼を受けた際の、私の基本姿勢だ。なにしろ現実の生活において、恋愛とはとんと無縁な……いやいや、恋とはちょっと距離が隔たって……うーん、どんな言い回しにしても言いつくろえない。とにかく、観葉植物と会話するしかない毎日なので（あ、一番さびしい言い回しになってしまった）、虚構の世界の中でぐらい、夢を見たっていいんじゃないの、と思うのだ。そのわりに「燃えるような恋」を描写できないのは、もう性格としか言いようがない。

思うに人間というのは（大きな物言いをしてみた）、短期決戦型恋愛を得意とする人と、長期持続型恋愛を得意とする人とに、すっぱりと分かれるんじゃなかろうか。突撃戦が得意そうなウォリックと、兵糧攻めが得意そうなシャンドス、って感じに。しかし「兵糧攻めが得意」って、無茶苦茶性格悪そうだな……。私は当然ながら、兵糧攻めタイプだと思う。攻めてたはずなのに、なぜか気がつくといつも、私のほうが恋愛飢餓の危機に瀕《ひん》しているけれど。だれか兵糧を送ってくだされ！　という感じ。

担当編集者の岡山智子さんには、大変お世話になりました。「すごいな、おい」と一番思ったのは、岡山さんが表情一つ変えずに、「『ウォリックの大理石の彫像のごとき肉体が……』とか、もっとつけ加えたほうがいいんじゃないでしょうか」と言ったときだ。ハーレ×イン的文章を実際に耳にすると、ものすごく恥ずかしい。私はニホンザルみたいに赤面しつつ、「善処します、はい」と答えた。

「きみの囁《ささや》きは小鳥の囀《さえず》りのように心地よい」

「まあ、あなたったら獅子《しし》のごとく勇猛だと思った次の瞬間には、去勢された羊ぐらいに臆病《おくびょう》になってしまうのね。可愛いひと」

「この食パンはきみの柔肌のようだな」

以上、私がきらきらしい文章を書くために、日々メモしていた比喩《ひゆ》表現の一部である。最後の「食パン」あたりは、「さすがに疲れてきたんだな、自分」というのがわかり、涙でメモ帳の字が霞《かす》む。

そんなふうにしてできあがったこの作品、みなさまに少しでも楽しんでいただけたなら幸いです。

……まだページがある。

蕎麦《そば》屋に行こうとしたときに、靴下に穴があいてることに気づいたらどうしますか？私は先ほど、蕎麦屋で昼飯を食べてこようと思って靴を履く際に、靴下の穴に気づいたのだ。「どうしようかな」と三秒ほど考えたのだが、履きかえるのが面倒なので、そのまま出かけることにした。きっとテーブル席に空きがあるだろうし、もし座敷に上がらなきゃならないとしても、シャシャシャシャッと目にもとまらぬ速さで靴を脱いで座れば、なにも問題はないのだから。

だけどやっぱり、物事は悪いほうへ進む。蕎麦屋のテーブル席に空きはなく、しょうがないので座敷に上がろうとしたら激しくよろけ、席まで案内してくれた蕎麦屋の兄ちゃんに、「あっ！」と支えられた（ていうか、無理やりしがみついた）のだった。あら、恋のはじまる予感。でも兄ちゃんの視線は、ばっちり私の靴下の（左足小指根本付近。ここだけ水玉なんです、と弁解できないほど堂々たる）穴に！

もうやだ。すべてがいやだ。と思いながら満腹になって家に帰りついたら、玄関先でかまきりが産卵していた。壁の下のほうに逆さに貼りつき、お尻から泡状の卵をうんうん出している。「ほほう」と思ってしゃがんで眺めていたら、なんだかこっちまで便意を催してきた。「よっしゃ。あたしもちょっと一踏ん張りしてくるわ」とかまきりに声をかけ、立ち上がったときに背後に気配を感じる。振り返ると、ちらしを配りにきた小学校時代の同級生のお母さんが立っていた。衝撃で便意が引っこんだ。「一踏ん張り」の意味を、「いろいろ頑張ることがあるんだな」みたいな、善意の方向で解釈してくれてるといいのだが。

既婚の友人がよく、「結婚したのはタイミングが合ったから」と言うのだが、私はそのたびに、「なるほどー、やっぱり問題はそこなのか」と思う。なにかにつけてタイミングが悪いんだよ、私は。いえ、問題はそこだけじゃないだろ、というのも、なんとなくわかってはいるのですが。もごもご。

ちょっと、いくらなんでも「あとがき」のページ数が多すぎやしないか。もう、どこがどう恋愛小説のあとがきなのか、書いてるほうもよくわかんなくなってきた。あとがきはあくまで蛇足部分ということで、靴下の穴とか便意とか、作品とは別物としてさらりと読み流していただけることを切に願う。

私はこれまで、自分から率先して男女の恋愛物を書こうという意欲に激しく欠けていたのだが、書いてみるといろいろ見えてくることがあって、おもしろかった。「神名が料理上手なのは、私の願望だろうか。それって、『料理の上手《うま》い嫁さんがほしい』などとアホなことを言う男と、結局のところ同じ精神構造だということじゃなかろうか。「反省」とか。恋愛小説のパターンが非常に限られていて、どう書いてもどこか抑圧的にならざるを得ない理由を、脳みそから灰汁《あく》が染み出るみたいに、身体的に感じ取ることができた。その灰汁を、少しずつでも想像力のハンケチーフで漉《こ》していくことが、これからの我が課題の一つである。あと、靴下の穴は発見次第ふさいでおくこと。これ絶対。

読んでくださって、本当にどうもありがとうございました。

三浦しをん

ロマンス小説《しょうせつ》の七日間《なのかかん》

三浦《みうら》しをん

平成15年 11月25日　初版発行
令和7年 6月5日　21版発行

発行者●山下直久

発行●株式会社KADOKAWA
〒102-8177　東京都千代田区富士見2-13-3
電話　0570-002-301(ナビダイヤル)

角川文庫 13156

印刷所●株式会社KADOKAWA
製本所●株式会社KADOKAWA

表紙画●和田三造

ISBN978-4-04-373601-0　C0193

JASRAC 出 0313046-521

角川文庫発刊に際して

角川源義

第二次世界大戦の敗北は、軍事力の敗北であった以上に、私たちの若い文化力の敗退であった。私たちの文化が戦争に対して如何に無力であり、単なるあだ花に過ぎなかったかを、私たちは身を以て体験し痛感した。西洋近代文化の摂取にとって、明治以後八十年の歳月は決して短かすぎたとは言えない。にもかかわらず、近代文化の伝統を確立し、自由な批判と柔軟な良識に富む文化層として自らを形成することに私たちは失敗して来た。そしてこれは、各層への文化の普及滲透を任務とする出版人の責任でもあった。

一九四五年以来、私たちは再び振出しに戻り、第一歩から踏み出すことを余儀なくされた。これは大きな不幸ではあるが、反面、これまでの混沌・未熟・歪曲の中にあった我が国の文化に秩序と確たる基礎を齎らすためには絶好の機会でもある。角川書店は、このような祖国の文化的危機にあたり、微力をも顧みず再建の礎石たるべき抱負と決意とをもって出発したが、ここに創立以来の念願を果すべく角川文庫を発刊する。これまで刊行されたあらゆる全集叢書文庫類の長所と短所とを検討し、古今東西の不朽の典籍を、良心的編集のもとに、廉価に、そして書架にふさわしい美本として、多くのひとびとに提供しようとする。しかし私たちは徒らに百科全書的な知識のジレッタントを作ることを目的とせず、あくまで祖国の文化に秩序と再建への道を示し、この文庫を角川書店の栄ある事業として、今後永久に継続発展せしめ、学芸と教養との殿堂として大成せんことを期したい。多くの読書子の愛情ある忠言と支持とによって、この希望と抱負とを完遂せしめられんことを願う。

一九四九年五月三日

角川文庫ベストセラー

月魚　三浦しをん

『無窮堂』は古書業界では名の知れた老舗。その三代目に当たる真志喜と「せどり屋」と呼ばれるやくざ者の父を持つ太一は幼い頃から兄弟のように育つ。ある夏の午後に起きた事件が二人の関係を変えてしまう。

白いへび眠る島　三浦しをん

高校生の悟史が夏休みに帰省した拝島は、今も古い因習が残る。十三年ぶりの大祭でにぎわう島である噂が起こる。【あれ】が出たと……悟史は幼なじみの光市と噂の真相を探るが、やがて意外な展開に！

ロマンス小説の七日間　三浦しをん

海外ロマンス小説の翻訳を生業とするあかりは、現実にはさえない彼氏と半同棲中の27歳。そんな中ヒストリカル・ロマンス小説の翻訳を引き受ける。最初は内容と現実とのギャップにめまいものだったが……。

グラスホッパー　伊坂幸太郎

妻の復讐を目論む元教師「鈴木」。自殺専門の殺し屋「鯨」。ナイフ使いの天才「蝉」。3人の思いが交錯するとき、物語は唸りをあげて動き出す。疾走感溢れる筆致で綴られた、分類不能の「殺し屋」小説！

砂糖菓子の弾丸は撃ちぬけない
A Lollypop or A Bullet　桜庭一樹

ある午後、あたしはひたすら山を登っていた。そこにあるはずの、あってほしくない「あるもの」に出逢うために——子供という絶望の季節を生き延びようとあがく魂を描く、直木賞作家の初期傑作。